叶嘉莹　著

好诗共欣赏

陶渊明、杜甫、李商隐三家诗讲录

人民文学出版社
PEOPLE'S LITERATURE PUBLISHING HOUSE

著作权合同登记号　图字 01－2022－1898

著作财产权人：© 三民书局股份有限公司

本著作中文简体字版由三民书局股份有限公司许可上海九久读书人文化实业有限公司在中国大陆地区发行、散布与贩售。

图书在版编目(CIP)数据

好诗共欣赏：陶渊明、杜甫、李商隐三家诗讲录/
叶嘉莹著.—北京：人民文学出版社，2020(2025.1重印)
ISBN 978-7-02-015352-7

Ⅰ. ①好… Ⅱ. ①叶… Ⅲ. ①陶渊明(365－427)-
古典诗歌-诗歌研究 ②杜诗-诗歌研究 ③李商隐(812－约
858)-古典诗歌-诗歌研究　Ⅳ. ①I207.22

中国版本图书馆 CIP 数据核字(2019)第 111595 号

责任编辑　李　娜　吕昱雯
装帧设计　汪佳诗

出版发行　人民文学出版社
社　　址　北京市朝内大街 166 号
邮政编码　100705

印　　制　凸版艺彩(东莞)印刷有限公司
经　　销　全国新华书店等

字　　数　85 千字
开　　本　890 毫米×1240 毫米　1/32
印　　张　4.625
版　　次　2020 年 1 月北京第 1 版
印　　次　2025 年 1 月第 5 次印刷

书　　号　978-7-02-015352-7
定　　价　69.00 元

如有印装质量问题，请与本社图书销售中心调换。电话：010－65233595

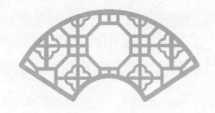

| 目 录 |

前　言

　　《好诗共欣赏》，只从此一书名，读者就可以想见这一定是一本较为大众化的读物。这种大众化的读物，在我个人作品的出版中是一种较新的情况。我之开始写作有关诗词评赏的文字，盖始于六十年代初期，那时的我喜欢用优美的文字写出自己内心中对于诗词之意境的一种要眇深微的感受。七十年代以后，因为在国外教学，遂开始撰写一些较富思辨性的学院式的论文。八十年代以后，我忽然开始耽读一些西方文论的著作，于是我自己的写作，就也走上了一条好以西方文论来评析中国诗词的途径。这条途径自然是一条较为狭隘、而且颇为专业化的途径。但另一方面，则近年来我却又抱有一种想要推广诗词教学使之普遍化和大众化的愿望。在这种情形下，我遂逐渐发现我自己研究诗词的途径，与我想要推广诗词的愿望，二者间竟然有了一种背离的趋势。不过在这种背离中，我却也幸运地发现了一个弥补的方法。那就是除了我自己个人的写作外，我也曾由于一些友人的安排和邀请，为社会中的一般大众，做了几次普及性的诗词讲座。而我更该感谢的则是有些热心的友人，更曾协助我把这些讲座的录音，都整理成了文稿和专书。这一册书就是朋友们为我的一次普及性的系列讲座，所整理出来的成果。

原来早在一九八七年二月，在北京的旧辅仁大学校友会、北师大校友会、中华诗词学会、中国国际文化交流中心和教委老干部协会等五个文化团体，曾经联合邀请我在国家教委的有一千五百个座位的大礼堂中，举行了一连十次的唐宋词系列讲座。本来我对于如此大规模的以程度不齐的社会大众为对象的讲座，曾经深怀恐惧，谁知听众们的反应竟然非常热烈。当十次讲演结束后，许多听众似乎意犹未尽，于是乃更有远自东北来的一些友人，又接着邀我去东北继续做了七次讲演，更于讲演结束后，由友人们把音带整理编成了一册《唐宋词十七讲》。既有了此一段因缘，于是这五个主办单位遂于次年（一九八八）七月又邀我至北京，仍在教委礼堂又举行了一次旧诗欣赏的讲座，只可惜当时我的行程匆促，所以只做了四次讲演。这册书收录的就正是那四次讲演的录音整理稿。

那次的讲座本名"旧诗欣赏"，共分四讲，第一讲概论，主要是介绍中国旧诗传统重视兴发感动的一种美学特质。因为早在《毛诗·大序》中，中国的诗学就已经提出了"赋、比、兴"之说，关于此三义之说法，历代学者虽有许多不同的意见，而私意以为此三义之所指者，实当为情与物相感发的一种作用关系。"兴"是由物及心，"比"是由心及物，"赋"则是即物即心。这三种关系是对中国诗歌中的兴发感动之作用所做出的一种最为简单扼要的说法。此外在第一讲概论中，我也曾将中国诗学中对于心与物之关系的看法，与西方诗论中对于心与物之关系的看法，做了一些基本的比较。至于以后的三讲，则是以第一讲之概论为基础，对于陶渊明、杜甫和李商隐三家的一些诗例，所做的实践的评析。因此我评析中所特别强调的，乃是这三位诗人在诗歌之写作中，对物象之选择与掌握，以及其心意之投注与运行的几种不同的方式；而我更注意的则是这三位诗人如何在他们不同的表述方式中，所传达的虽然性质不同，但却同样具有感动人心之效果的兴发感动之作用。

这四次讲演结束后，主办人曾经请了三位友人把音带整理写定，做了出版的准备，但却因有些出版社不愿接受讲稿，而希望我能亲自把讲稿写定成书。这意见本来也很好，只可惜近些年来我一直忙于在各地奔波讲学，完全没有写定成书的时间，于是这些讲稿遂被搁置了多年，几乎已被我完全遗忘了。直到去年，台北的三民书局既出版了一册由姚白芳女士所整理的题为《清词选讲》的我的讲稿，今年姚女士又向我提及说三民仍有意出版我的其他讲稿，才使我又想起了这一批旧的讲稿，遂托姚女士把讲稿带去了台北。最近我去台北见到了三民书局的负责人刘振强先生，他告诉我说他们已决定出版这一册讲稿，并要我写一篇前言，因而我乃在此讲稿成书之际略述其因缘如上。并愿借此机会对于为我整理这一册讲稿的安易、徐晓莉和杨爱娣三位友人表示诚恳的感谢之意。

最后我还有一点感言要在此略加叙述的，就是最近我曾收到一位友人的来信，劝我应该减少到各地的讲课，而应安定下来好好写一些学术专业的著作，我对这位友人的劝告极为感谢，但正如我在前文所说，近年来我既逐渐萌生了想要推广普及诗歌教学的愿望，所以对于各地要我去讲授诗词的邀请，只要是我的时间精力之所允许，我一向都是乐于接受的。而且不仅是给成人们讲诗，还曾多次给儿童们讲诗。因为做为一个已曾从事诗歌教学有五十年以上之经验的工作者，我确实感受到了诗歌对于一个人的智慧和心性能够形成一种启发和陶冶的功能。而要想达成这种功能，则面对面的讲授，实在会比闭门写出的专业著述有更好的效果。专业著述是偏于知性的，而当面传述，则是较为感性的，但诗歌既原是一种感性的文学，所以当面的、生动活泼的讲述，虽然在学术方面不能与专业的著作相比，但在感动和启发方面，却也往往会有更为直接的效果。记得就当我正在整理我的《唐宋词十七讲》的稿子时，我的女儿和她的一些朋友们偶然读到了这些稿子，她们大家都感到极为欢喜兴奋，认为她们从中得到了不少启发和感动。其实我女儿那里也存有我一些较为学术性的、理论更为深细的著作，而她们对那些书则并没有什么阅读的兴趣。我女儿当时就曾对我说："你自己写的那些著述，往往文白相杂，又引古书，又引外文书，一大堆注释，除了专业的研究者外，一般人对之不会有阅读的兴趣。但是你这些由讲演音带整理出来的文稿，则由于有现场的听众，所以讲得活泼生动，有临场的真切感。我想这册《十七讲》印出来后，一定会比你的其他著作更受人们欢迎。"而自《十七讲》出版后，证之于两岸出版者的统计，这册书也确实是我的许多种书中销售最好的一种书。目前三民书局要出的这一册《好诗共欣赏》，其实就正是以前所出的那一册《十七讲》的继续，因为两次讲座的主办人既都是相同的单位，讲座的场所也都在相同的地点，只不过《十七讲》的内容讲的是唐宋词，而这一册《好诗共欣赏》所讲的内容则是陶、杜、李三家诗而已。所以这一册书本曾拟名为《三家诗讲录》，三民书局的编者以为此书之内容既是面对大众的、普及性质的讲演，何不就直接取一个带有大众普及性的书名，以求其更能达到普及性之效果呢？我以为这位编者的所言极是，所以就拟定了《好诗共欣赏》这一个书名。我确实以为我所选讲的陶、杜、李这三位诗人的这几首诗例，都是真正的好诗，而且分别带有不同性质不同形式的、各种各样的、丰美的感发作用。昔陶诗曾有句云"奇文共欣赏"，我以为"好诗"较之"奇文"实应更易获得读者普遍的欣赏，乃为《好诗共欣赏》一书写此前言如上。

一九九七年十二月十四日写于天津南开大学

◎ 第一讲

概 论

诗人之所以宝贵，就是因为他们有这样一颗关怀万物关怀民生、不死的心灵。

　　我今天很高兴，能与大家相聚一堂，共同谈一谈古诗的欣赏。中国古人有一句话叫"野人献曝"，说的是一个山野之人，既没有避寒的高堂广厦，也没有取暖的丝绵狐貉，只是觉得晒太阳很是温暖，就把晒太阳的一点心得奉献给大家，我今天也是如此，希望大家多给我指正。

　　我现在要谈的是什么呢？我要谈的是：我们中国古典诗歌真正的价值和意义是什么？我们中国诗歌最大的特色在哪里？我们的长处在哪里？我们的短处在哪里？我现在先简单讲讲我所体会的中国诗的传统。

　　在我们教材的参考资料上摘引了《毛诗·大序》上的一句话"情动于中而形于言"，又说"诗者志之所之也"。当我念这句话的时候我就想起，我们常常把诗词连在一起说，其实诗和词有很不同的传统。记得在一年多以前，也是在这个教委大礼堂，我曾经讲过一次唐宋词的系列讲座。那时候我就曾说过，词本来是歌筵酒席间的流行歌曲，唐五代词人填词的时候并不想表达自己主观的理想和志意，他们只是把男女爱情和相思离别写成漂亮的歌词交给那些美丽的歌女去演唱，所以，词是突破了中国旧文学的传统的一种文学形式，突破了"诗言志"的传统，突破了中国旧有伦理道德的传统。但是词很微妙，它在这些突破之中，在写男女爱情之中，居然流露了贤人君子最深隐的心意。当然，词从本来不是言志发展到言志是有一个过程的。这是我去年讲过的内容。今天我们要开始讲诗了，诗有完全不同的传统，那就是"言志"的传统，作诗的目的是为了表现自己内心的感情和志意。那么，写诗的动机是从哪里来的？正如《毛诗·大序》所说的——"情动于中而形于言"。首先，你内心的感情要产生一种感动，要"摇荡性情"，然后才能"形诸舞咏"。可是第二个问题就要问了："情动于中"是怎样动的呢？为什么你的内心会有那种摇荡的感动？我们教材的参考资料上引了《礼记·乐记》中的一句话："人心之动，物使之然也。"就是说，人心的摇荡、心灵的感动，那是外在的事物使其如此的。不过，这又引出了第三个问题：什么样的外在事物才能使你有所感动呢？我们教材的参考资料又引了钟嵘《诗品·序》里的一句话："气之动物，物之感人，故摇荡性情，形诸舞咏。"我们中国常常说到"气"。冬至阳生，夏至阴生，阴阳之气的运行造成了四时节气的变化。春天草木萌发，秋天草木摇落，这自然界万物的种种物象就感动了人。正如晋代陆机《文赋》所说的："悲落叶于劲秋，喜柔条于芳春。"外物的变化使人的内心感情产生摇荡，诗人就用诗歌把它表现出来。所以《诗品·序》接下来就又说："若乃春风春鸟，秋月秋蝉，夏云暑雨，冬月祁寒，斯四候之感诸诗者也。"李商隐的诗说"飒飒东风细雨来，芙蓉塘外有轻雷"（李商隐《无题》）——当飒飒的春风吹起，春天到来的时候，就唤醒了一个女子内心的感情，所以就"贾氏窥帘韩掾少，宓妃留枕魏王才"，这是春风引起的感动。春鸟也同样使人感动：谢灵运有"池塘生春草，园柳变鸣禽"（谢灵运《登池上楼》）；唐诗有"打起黄莺儿，莫教枝上啼；啼时惊妾梦，不得到辽西"（金昌绪《春怨》）。其实，那春风春鸟与你何干？欧阳修说"人生自是有情痴，此恨不关风与月"（欧阳修《玉楼春》）——那风月又与你何干？正如南唐中主李璟问词人冯延巳的那句："吹皱一池春水干卿何事？"殊不知"物色之动，心亦摇焉"，人心的感动就正是由这些"物色之动"所引起的。……可是我现在就要说了，如果一个诗人只知吟风弄月、舞文弄墨、咬文嚼字，像有些人说的只要能痛饮酒熟读《离骚》就可以做名士，高人一等，自命风雅，那是我们中国旧文人的坏习气。可是，春风春鸟使我们感动，这是好的，是应该培养的一份感情。因为这是使人心不死的一份感情，使人养成一颗活泼的、有生命的心灵。如果一个人对宇宙间不属于你同类的草木鸟兽都关怀，难道你对人类的忧患苦难会不关心吗？南宋爱国词人辛弃疾——一位一心要恢复北方失地的英雄豪杰——写过一首小词，其中有两句是："一松一竹真朋友，山鸟山花好弟兄。"（辛弃疾《鹧鸪天》）他把山中的松竹花鸟都看作了朋友和弟兄！还有一位"先天下之忧而忧，后天下之乐而乐"的北宋名臣范仲淹则写过："碧云天，黄叶地，秋色连波，波上寒烟翠。山映斜阳天接水，芳草无情，更在斜阳外。"（范仲淹《苏幕遮》）我们中国古人说："物色之动，心亦摇焉。"（刘勰《文心雕龙·物色》）大自然的景物有春夏秋冬、朝夕阴晴的变化，从而引起了诗人的共鸣。我们所要培养的，正是这样一种不死的心灵。而如果诗人对自然界的景物都如此关心，那诗人对人类的悲欢苦乐当然就更加关心了。

孔子说："鸟兽不可与同群，吾非斯人之徒与而谁与？"（《论语·微子》）诗人之所以宝贵，就是因为他们有这样一颗关怀万物关怀民生的、不死的心灵。有了这颗心灵，杜甫才会写出"三吏""三别"，才会写出"朱门酒肉臭，路有冻死骨"（杜甫《自京赴奉先县咏怀五百字》）。古人说："哀莫大于心死，而身死次之。"（《庄子·田子方》）中国古典诗歌有一个很可贵的传统，那就是让人心不死。

刚才我引了《诗品·序》上的两段话，有人可能会产生误解，以为能够感动人心的只有大自然的景物和四时的变化。其实不然，《诗品·序》接着就又说："嘉会寄诗以亲，离群托诗以怨。至于楚臣去境，汉妾辞宫，或骨横朔野，或魂逐飞蓬；或负戈外戍，杀气雄边；塞客衣单，孀闺泪尽；或士有解佩出朝，一去忘返；女有扬蛾入宠，再盼倾国；凡斯种种，感荡心灵，非陈诗何以展其义？非长歌何以骋其情？"可见，能够使人感动的不只是大自然的景物，还有人世间的一切现象。如果你对草木鸟兽都关心，难道你对与你同类的人会不关心吗？《诗品·序》说"嘉会寄诗以亲"；人们常说，人生得一知己死而无憾。古人有很多诗是朋友之间的酬赠。当李白与杜甫两个人相遇的时候，杜甫说："乞归优诏许，遇我夙心亲。"（杜甫《寄李十二白二十韵》）后来杜甫又写了赠李白诗说:"世人皆欲杀,吾意独怜才。"(杜甫《不见》)王维则说:"独在异乡为异客,每逢佳节倍思亲。"(王维《九月九日忆山东兄弟》)由此可见,友谊、离别,都能感荡诗人的心灵,写出好诗。至于人生的种种变故和苦难,当然就更能使人感动了。

以上我们主要讲了两点。一点是,我们内心的感动就是诗歌的开始。另一点是,我们内心感动的来源有两个,一个是大自然景物的种种现象;一个是人世间悲欢离合的种种现象。下面,我们就要讲一讲内心与外物之间的感发作用,讲一讲我们中国诗歌在这方面的特色是什么。

中国诗歌一个最大的特色就是重视"兴"的作用。"兴",意思是在人的内心有一种兴起,有一种感动。在一九六七年到一九六八年之间,我参加过一个由美国组织的中国古典诗歌学术会议,这个会议是在百慕大举行的。当时参加会议的有一位美国加州大学的教授叫陈士骧,他曾经提交一篇论文讨论中国诗歌中"兴"的作用。因为是在外国开的会,所以所有的论文都要用英文,可是英文里面竟没有一个相当于中国诗歌中"兴"这种意思的字!陈先生的论文中,"兴"字出现了好几十次,只好都用拼音。由此可见,中国诗歌与西方诗歌在传统上一个很大的不同就是,中国诗歌更重视"兴"的作用。

我以为,所谓"兴"的作用,在中国诗歌传统上可以分成两个方面来看:一个是从作者方面而言;一个是从读者方面而言。从作者方面而言就是"见物起兴"。《诗经》上说:"关关雎鸠,在河之洲,窈窕淑女,君子好逑。"(《诗·周南·关雎》)——听到水边沙洲上雎鸠鸟"关关"的叫声，就引发起君子想求得淑女为配偶的情意。还有"桃之夭夭，灼灼其华，之子于归，宜其室家"（《诗·周南·桃夭》），也是"兴"的作用。但刚才我们说过，宇宙间不止草木鸟兽等种种物象能引起我们的感动，人世间种种事象也能引起我们的感动。《诗经》"十月之交，朔日辛卯，日有食之，亦孔之丑"（《诗·小雅·十月之交》）是写对时代振荡不安的感慨，这也是引起人感动的一种重要的因素。

"兴"的作用，不但作者有之，读者亦有之。在座诸位不管你自己是不是诗人，是否能写出像李白、杜甫那样的好诗，只要你一颗心灵不死，只要你在读李白、杜甫的诗歌时也能产生与李白、杜甫同样的感动，那么你也就有了与李白、杜甫同样的诗心。所以，从读者方面而言，"兴"的感发作用同样也是源远流长的。

在《论语》中孔子就曾经说"诗可以兴"，就是说，诗能给人一种兴发和感动。现在我们无法要求当代年轻人写那些格律严密的古典诗歌，但是我们要使年轻人在读古典诗歌的时候也产生那一份兴发和感动，这就是我们今天学习古典诗歌的意义和目的所在。

"诗可以兴"，这在《论语》里面有很好的例证。不过，诗在使人感动方面有很多不同的层次。第一个层次是一对一的感动，就是说，闻一知一，不产生更多的联想。陆放翁和他的妻子分离之后又在沈园相遇，他写了一首《钗头凤》说"红酥手，黄縢酒，满城春色宫墙柳"，又说"山盟虽在，锦书难托"（陆游《钗头凤》）。很多年后他又写诗："梦断香消四十年，沈园柳老不吹棉。此身行做稽山土，犹吊遗踪一泫然！"（陆游《沈园》之二）——沈园的柳树已经老了，柳花不飞了，我陆放翁也老了，不久就要化作稽山的一抔土，但是当我经过当年与我所爱的人曾经分别又偶然相逢的沈园，凭吊当年的遗踪时，我还是流下泪来。中国的电影和戏剧里面都有《钗头凤》这个剧目。千百年之后，我们仍然为陆放翁的悲剧和他的感情所感动，这就是一对一的感动。

可是在《论语》上孔子说"诗可以兴"，他所说的感动则不仅是一对一的感动，而是一生二、二生三、三生无穷的感动，即所谓"诗可以兴"的感动。

有一次，孔子的学生子贡问孔子："贫而无谄，富而无骄，何如？"（《论语·学而》）——假如一个人虽然贫穷，但有气节，不谄媚；一个人虽然富贵，但不财大气粗、骄奢淫逸，如果一个人有这种修养，您看怎么样？孔子回答说："未若贫而乐，富而好礼者也。"——这就是更进一步了，贫穷而不谄媚，同时还能有一种自得之乐；富贵而不骄奢，同时还能谦卑而好礼，那就更好了。于是子贡就说："《诗》云：'如切如磋，如琢如磨。'其斯之谓与？"——这首诗是说，一块璞玉本来是玉和石相混杂的，经过切磋、琢磨就使它更光润，更莹洁；这也和为人一样，我说的话本来很粗糙，很浅薄，经过老师对我的提炼，我就得到进一步的升华，不正是这种情形吗？孔子和子贡的谈话，本来说的是做人的道理，可是子贡忽然联想到诗句，所以孔子就赞美道："赐也始可与言诗已矣，告诸往而知来者。"——我可以和你（"赐"是子贡的名字）谈诗了，告诉你一件过去的事，你就能了解我没有说出来的未来的事。因为，《诗经》里所说的是璞玉的切磋琢磨，与做人本不相干，可是子贡却从这两句诗里悟到了做人的道理，这正是"诗可以兴"的感发。

还有一次，孔子的另一个学生子夏问孔子："'巧笑倩兮，美目盼兮，素以为绚兮'，何谓也?"(《论语·八佾》)在这首诗中"巧笑倩兮，美目盼兮"是形容一个女子，当她可爱地微笑，当她眼睛转动，目光流盼的时候，是那样地美丽。这个子夏懂得，他不懂的是"素以为绚兮"是什么意思。因为"绚"是色彩绚烂，"素"是洁白，洁白的怎么会变成色彩绚烂的呢?孔子就回答说："绘事后素。"这句话本来有很多不同的解释，我所用的是其中的一种。就是说：绘画的事先要有一个洁白的质地，然后上面才能画出色彩鲜明的画;如果本来的质地非常肮脏，那就怎么也画不出美丽的色彩。孔子这句话是针对子夏提出的问题所做的回答。意思是，一个女子应该先有皮肤洁白的质地，然后才更可显出"巧笑倩兮，美目盼兮"的美丽。于是子夏就说："礼后乎?"按照老师的解说，洁白的本质是重要的，彩色的装点是后加的。所以子夏就领悟到：人的本质和内心诚恳的情意是重要的，外表的举动和语言是后加的。你给一个人鞠躬是由于内心尊敬他才这样做，要是你表面上给他鞠躬，心里头直骂他，那就不对了。因此，孔子也赞美子夏说："起予者商也("商"是子夏的名字)，始可与言诗已矣。"——使我得到启发的是商啊!这样的学生，我可以和他谈诗了。

你们看，子贡是从做人的道理联想到《诗经》里的句子;子夏是从《诗经》里的句子联想到做人的道理。由此可见，诗的作用不仅是使作者有一颗不死的心，而且也使读者有一颗不死的心；不仅有一对一的感动，而且有一生二、二生三、三生无穷的"兴"的感发。

有一些例子我不知道应该不应该说，因为我不知道我们的政治气候是怎样的。几年前我曾在报纸上看到一些报导。一个是说，张志新烈士临死前，她的难友们听到她常常背诵两句诗："云散月明谁点缀，天容海色本澄清。"（苏轼《六月二十日夜渡海》）——那是苏东坡的诗。另一个是说，遇罗克的日记里也引了两句诗："尔曹身与名俱灭，不废江河万古流。"（杜甫《戏为六绝句》）——那是杜甫的诗。杜甫这两句诗指的是唐朝诗坛的情况，而遇罗克所指的则是当时那些野心家们；张志新的境遇和苏东坡的境遇也并不相同，但这些诗句却能在千百年后引起这些志士们这样深的感动，这是我们中国"诗可以兴"的宝贵传统。

我刚才说过，在英文里找不到一个相当于"兴"字的词。不过，近年来我却从西方文学理论之中德国的新学派那里发现了有类似"兴"的说法。

近来从德国发展起来的接受美学（Aesthetic of reception）就认为，一篇作品完成了，如果没有一个能够懂它的人去读它，尽管它写得很好，也没有生命，只能叫作 Artefact——一个艺术上的成品。你完成了一幅画、一支曲子，或者一首诗歌，那只是一个 Artefact，它是没有生命的，一定要通过读者赋予它一种感动的生命，才能成为一个 Aesthetic object——美学的客体。接受美学认为，如果中间是作品，那么两边就有两个极点：一边是创作的作者，一边是接受的读者。接受美学一个很重要的理论就是"读者反应论"（Readers response），就认为读者的兴发感动是十分重要的。

接受美学指出，读者可以分成几个不同的层次。第一个层次是普通的读者：读明月就是明月，读清风就是清风，只从表面上去理解。第二个层次是能够深入一步的读者：他们能够从艺术的表达、文字的组织结构、形象的使用、体类的传统中，从它的价值、作用等各方面去品评和欣赏作品。第三个层次是"背离作者原意"的读者：他们对作品的解释可以不必是作者本来的意思，而是一生二、二生三、三生无穷的引发。只有这第三个层次的读者，才是最有感发生命的读者。

南唐中主的词"菡萏香销翠叶残，西风愁起绿波间"（李璟《山花子》），从表面上看只是写荷花零落了，荷叶凋残了，秋风从水面上吹起来。但是王国维从那里面看到了什么？看到一种"众芳芜秽，美人迟暮"的悲哀和感慨。晏殊的词"昨夜西风凋碧树，独上高楼，望尽天涯路"（晏殊《蝶恋花》），写的是男女之间的相思爱情。说是昨天晚上秋风把我楼前树上的树叶吹得凋零了，今天我登上高楼远望天涯，却看不见我所怀念的人。但是王国维说什么？他说这是成大事业大学问的第一种境界！王国维自己在《人间词话》里又说，我用成大事业大学问的第一种境界、第二种境界、第三种境界来解释北宋这些人的小词恐怕未必是他们的原意——"恐晏、欧诸公所不许也"。可是，王国维的这种感发正是中国诗歌中让人心不死的、宝贵的"兴"的作用。

以上，我讲了作者方面的"兴"和读者方面的"兴"。但你怎样才能使你的作品中有这种兴发感动的力量呢？每个人写的诗都有这种力量吗？不见得。有些人的诗歌可以传达出这种力量，有些人的诗歌就传达不出这种力量；传达出来就是成功的，没有传达出来就是失败的。那么，是否凡传达出这种兴发感动作用的诗就都是同等成功的诗呢？也不是的。因为所传达出来的这种感发的生命还存在着厚薄、大小、深浅、广狭的不同。我现在就要通过几首诗来分析——怎样判断一首诗的好坏？怎样分辨一个诗人是大诗人还是小诗人？现在我就将要给大家举例来说明一下：

翻开我们的教材，在参考诗篇中有三首《玉阶怨》。《玉阶怨》是乐府诗题，这个乐府诗题主要是写女子的孤独、寂寞和哀怨。我们中国古典诗歌中向来就有一类诗专门写闺怨、宫怨，这是为什么呢？因为在封建社会里，女子都是被选择的、被抛弃的。她们不能够独立地完成自己，只能等待男子的赏爱，她们生命的意义和价值完全建立在是否得到一个男子赏爱这个条件上。这实在是很可悲哀的一件事。

我们教材参考诗篇中所选的三首《玉阶怨》，第一首是虞炎的，第二首是谢朓的，第三首是李白的，写的全是女子的这种哀怨。然而这三首诗的程度不同。有成功的，有失败的；有好诗，也有坏诗。我们先看虞炎的这一首：

紫藤拂花树，
黄鸟度青枝。

思君一叹息，
苦泪应言垂。

　　我以为，这首诗是不成功的。我怎么就敢说虞炎的诗是一首不成功的诗呢？我的老师顾羡季先生说过："余虽不敏，余虽不才，然余诚矣。"真诚是做人的根本。我向来所说的、所讲的，都可能有不正确或不完善的地方。但尽管说错了，我的态度却总是真诚的。同时，并不是我一个人说虞炎的这首诗不好，钟嵘《诗品·序》里就说过："学谢朓，劣得'黄鸟度青枝'。"为什么都说这首诗不好呢？我们现在就要讨论一下。

　　从头两句来看，"紫藤""花树""黄鸟""青枝"都是美丽的形象。我们知道，诗歌不能只讲大道理，要用形象给人以直觉的美感、直接的感动，它是注重形象思维的。然而，有了形象的就都是好诗吗？完全不见得。虞炎这首诗虽然有"紫藤""花树""黄鸟"和"青枝"，但仍然不算好诗，因为这些形象没有传达一种感发的生命。刚才我说过，"情动于中而形于言"。诗是言志的，必须把你所感发的情意传达出来，而要想真正把你所感发的情意传达出来，就要考虑到几个方面的因素。形象（Image）当然是重要的，然而它不能孤立地决定一首诗的好坏。诗歌还要看质地（Texture），这就好比衣服的料子，有麻纺的、棉纺的、混纺的、丝的、毛的，还有横纹的、斜纹的。诗歌也是由很多纤细的材料构成了它的质地。质地可以包括 Metaphor（各种形式的比喻）、Imagery（通常的各种形象）、Rhyme（押韵），等等。此外，诗歌还要看结构（Structure）。结构包括 Formal arrangement（形式安排）、Sequence of images and ideas（形象和情意排列组合的次序）等等。

我们的教材上引了这么一大堆西方的名称，难道只有西方才注意到这些吗？不是的，中国也老早就注意到这些了，只是不能够把它逻辑化，不能像西方理论那么细腻地加以说明。钟嵘在《诗品·序》里说："故诗有三义焉：一曰兴，二曰比，三曰赋。""兴"，是见物起兴，如《诗经》里的《关雎》；"比"，是用一个外物来做比喻，如《诗经》里的《硕鼠》；"赋"是直接的叙述，如《诗经》里的《将仲子》。钟嵘说："宏斯三义，酌而用之。"——了解这三种写作诗歌的方式，斟酌它们的用途来运用它们。后面他又说："若专用比兴，患在意深，意深则词踬；若但用赋体，患在意浮，意浮则文散。"意思是说，如果你只用比兴来作诗，由于不直说，诗的意思就太深，太深了就容易不通畅，也就是写得不明白；如果你都是直说，诗的意思就太浅，太浅了就容易散漫。所以，诗的形象和诗的结构一定要结合起来，刚才我说虞炎那首诗不好，就是因为作者没有把形象结合好，没有传达出那种感发的作用。

现在我们来看："紫藤"和"花树"都是美丽的形象，然而"紫藤"是花树品种之中的一个专指名词，是紫色的藤萝；"花树"则是一个泛指的名词。"紫藤"与"花树"之间用了一个"拂"字，它不能起到集中的作用，因此这两个形象就不能产生集中的意向，从而无法表达感发和情意的趋向。我可以再举另外的两句诗，其中也用了"花""树""黄""紫"，你们看一看这些形象所起的作用和达到的效果是什么。这两句诗是李商隐的，他说："花须柳眼各无赖，紫蝶黄蜂俱有情。"（李商隐《二月二日》）春天草木欣欣向荣，从而使诗人联想到自己的才能和志意落空无成，写得真是好，那深厚的情意完全融会在诗中了。他说花，用了一个胡须的"须"字，因为花蕊像须；他说柳，用了一个眼睛的"眼"字，因为柳叶的形状像眼。"须"和"眼"都是人体的一部分，而且柳是绿的，"柳眼"令人联想到"青眼"，"青眼"在中国传统中是垂青的意思，也就是对你有好感。什么是无赖？小孙子、小孙女非要你干什么事情不可，你对他们无理可喻，这就是无赖。李商隐的"花须柳眼各无赖"一句所表现的是我现在是这样落魄，春天的花和柳却是这么美好，它们不断地扰乱着我的内心，使我无可奈何，所以花也无赖，柳也无赖。不但花柳引起我的感动，就是那些紫色的蝴蝶、黄色的蜜蜂也引起我的感动，它们在花柳之间穿绕飞舞，显得多么多情！这两句诗，写出了诗人一颗敏锐的、善感的心。

但虞炎的"紫藤拂花树"一句就不引起人的任何感动，而且"拂"字在这里用得不很恰当。台湾有一部电影的主题歌里有两句："藤生树死缠到死，藤死树生死也缠。"可见，藤给人的印象是缠绕而不是飘拂。"拂"字也有用得极好的，像周清真的词有一句"拂水飘绵送行色"（周邦彦《兰陵王》），那是写柳，写长长的柳条垂拂在水面上。李后主有一首小诗说："风情渐老见春羞，到处芳魂感旧游。多谢长条似相识，强垂烟穗拂人头。"（李煜《柳

枝》）他说，我的风姿和感情都逐渐地老去了，以我的衰老，已经
羞于见到代表年轻生命的青春。但是，那芬芳美好的春的精魂到
处感召着我，使我回忆起过去那些美好的日子。我非常感谢那长
长的柳条，它好像认识我，因而多情地尽力垂下它那烟霭迷蒙中
的柳穗拂过我的头顶。你们看，"拂"字用好了可以产生多么妙的
感发作用！可是"紫藤拂花树"的"拂"字用得就不好，同样，
"黄鸟度青枝"的"度"字也用得不好。"度"是眼看着一个东西
慢慢地过去。周邦彦的词"风樯遥度天际"，是说那帆樯慢慢地走
远。但黄鸟怎么能慢慢地"度"？鸟儿只能"飞"，不能"度"。可
见，尽管有美丽的形象，可是你的字用得不恰当，你的组织和结
构不好，也同样是坏诗。

我们再看谢朓的《玉阶怨》：

> 夕殿下珠帘，
> 流萤飞复息。
> 长夜缝罗衣，
> 思君此何极。

这首诗就比较好一点儿了。谢朓要写的是女子孤独寂寞的怨
情，因此，他所有的文字、所有的形象、所有的结构，都指向这
一意向的趋向。"夕殿"指黄昏的宫殿——也许有人要问，宫中女
子为什么都有这么多怨情？要知道，"三千宠爱在一身"，其他那
两千九百九十九个不就都有怨情了吗？"夕殿"二字已经传达出女

子的怨情，因为到了黄昏她所期待的人还没有来，那么你今天满怀的希望也就断绝了。"下"，是放下；"珠帘"，是用珍珠穿成的美丽的帘子。珠帘卷起时还有期待、盼望的意思，而天黑了，珠帘放下了，那就说明你所期待的人不会再来了。

"流萤飞复息"是说，在黑暗中有一些流动的萤火虫，它飞一飞，然后在花树上停一停。你怎么知道萤火虫飞一飞又停一停？因为它的尾巴上有光在黑暗中闪动。这种叙写有什么作用？要知道，光的闪动也是一种动，它可以引起你的心动。日本诗人松尾芭蕉有一首著名的俳句说："青蛙跃入古池中，扑通一声。"青蛙跳进水池与你何干？但是那无声之中的一声响动，也会引起你的心动。静中的响动和暗中的光闪都是外物的景象，"物色之动，心亦摇焉"，这就引起女子哀怨的感动。长夜寂寞，而在这漫长的黑夜，这个女子的动作是在缝一件罗衣。"罗"，是这么纤细，这么柔软；"缝"，是这么细致，这么缠绵。唐人孟郊的诗说："慈母手中线，游子身上衣。临行密密缝，意恐迟迟归。"（孟郊《游子吟》）缝，向来是女子的手工，那一针一线都带有一种细密绵长的感情。每一次萤火闪动都是她心灵中的怀念之情的闪动，每一次针线的穿缝都是她缠绵的感情的活动，你们看，这首诗它的形象、它的结构、它的文字组织，集中起来传达了一种感动的作用，写得多么动人！

可是我要说了，上面所说的这种感动，它作用的结果是什么呢？是一对一的感动。它写一个女子的怨情就是一个女子的怨情——尽管把这种怨情表达得很好也只是一个女子的怨情。而第三首《玉阶怨》就不然了，那是李太白写的。李白是一位天才，他的五言小诗写得非常好。如大家所熟知的"举头望明月，低头思故乡"（李白《静夜思》），很简单的两句诗所传达的那种思乡之情，那种寂寞、孤独、旷远和悲哀，真是神来之笔。现在我们来看，同样的主题，同样是写女子的怨情，李白是怎样写的：

> 玉阶生白露，
>
> 夜久侵罗袜。
>
> 却下水晶帘，
>
> 玲珑望秋月。

我刚才说了评赏一首诗要看这首诗整个的质地（Texture），包括它的形象、句法、色调等各方面的因素。我所说的那套东西，是前些时候在西方流行的叫作新批评（New criticism）的学说。而现在在接受美学和符号学里边有一种更新的术语、更精密的分析，他们叫 Microstructure（显微结构）。说是一首诗是好是坏，是成功是失败，要看诗歌中各种细微的质素传达出了多少效果和功能。这正如同我所说的，一首诗传达给我们的感动如果是一对一的感动，那就是有限的；如果是一生二、二生三、三生无穷的感动，那就是无限的了。接受美学认为，好的作品都蕴藏着很丰富的潜能（Potential effect），可以慢慢地，一点一点地，像挖掘矿藏一样把它们挖掘出来。有的作品没有多少潜能可供挖掘，但有的作品是确实有的。我要举一个大家都知道的例子，那就是《红楼梦》。

对《红楼梦》，你可以这样挖掘，他可以那样挖掘；你可以看出你所喜爱的道理，他也可以看出他所喜爱的道理。正是由于《红楼梦》蕴藏着这么丰富的感发成分，所以才形成了"红学"这样一门专门的学问。古典诗歌也是如此的。读诗，要有一颗不死的心，要有一种敏锐而纤细的感受和分辨的能力。

西方语言学家索绪尔（Ferdinand de Saussure）说，形成语言的效果有两个最基本的因素，一个是选择，另一个是组织。选择是指对词汇的选择，就是说，为什么你用这个字而不用那个字，用这个词语而不用那个词语。我去年讲过，要写一个美女可以用佳人、美人、红粉、蛾眉等等很多词，但是你一定要仔细地体会，在你所传达的感发之中到底用哪一个更好。李商隐说到月中仙子，有时用"嫦娥"，有时用"姮娥"。"嫦娥应悔偷灵药，碧海青天夜夜心"（李商隐《嫦娥》），"姮娥捣药无时已，玉女投壶未肯休"（李商隐《寄远》）——嫦娥和姮娥，差别在哪里？南唐中主说"菡萏香销翠叶残"，如果你把它改成"荷瓣凋零荷叶残"，差别在哪里？差别就在：用字不同，传达出来的效果也不同。

现在我们来看李白这首《玉阶怨》中所用的形象：有"玉阶"，有"白露"，有"罗袜"，有"水晶帘"，有"玲珑"，还有"秋月"。刚才我说虞炎那首《玉阶怨》是失败的，因为他的形象没有集中起来表达出感发的作用。而你看李白所用的这些形象，它们都具有相同的品质，都是光明的、皎洁的、晶莹的、寒冷的。诗歌和散文不同，散文只须说明就可以了，诗歌则不行。你说"我寂寞，非常寂寞"，这不行，诗歌要求它的每一个形象、每一个词、每一个字的品质都集中起来传达出一种感动。李白这首诗就是这样的，但是还不止于此。如果把"玉阶生白露"改成"玉阶有白露"可以不可以呢？不可以的。因为这里除了"玉阶"和"白露"两个形象的作用之外，还有叙述口吻的作用。"生"，是逐渐生出来，露水不是草木，本来不会生。但是用一个"生"字，"生"就是增加的意思，就表现了夜晚由于气温下降，露水越来越多，越来越湿，越来越重。"生"的是白露，写的是怨情。那个女子已经动也不动地在玉阶上站了那么久，她的心里有所期待。但是仅仅"玉阶生白露"就够了吗？不，"玉阶生白露"与我何干？是"夜久侵罗袜"——露水不仅打湿了我的罗袜，而且透入了罗袜之内。冯正中的小词中有两句："波摇梅蕊当心白，风入罗衣贴体寒。"（冯延巳《抛球乐》）那是你自己心里真的感受到了贴体的寒冷！我还讲过韦庄的"春日游，杏花吹满头"（韦庄《思帝乡》），那万紫千红的春色在人的内心所引起的兴发感动有多么强烈！如果只是远远地看到花飞，那是什么感觉，而韦庄所写的是在花树下走过的时候，那花树上的花瓣落得我满头都是——这是多么切体的感受！同样，当那寒冷的白露侵透罗袜的时候也会使人感到一种贴体切肤之寒。然而，就在这样的寒冷和寂寞之中，那个女子仍然孤独地等待着，就如同清代诗人黄仲则的诗所说的："似此星辰非昨夜，为谁风露立中宵？"（黄景仁《绮怀》）诗人之"风露立中宵"自然是由于诗人内心中有一种感情。所以李白所写的这个女子她不但没有去睡，而且还垂下了"水晶帘"。帘本来可以是珠帘或者竹帘、绣帘，而这里偏偏是"水晶帘"——多么晶莹,多么皎洁,多么寒冷!

可是还不止于此,她还透过水晶帘"玲珑望秋月"——水晶帘是玲珑的,天上的那一轮秋月也是玲珑的。你知道玲珑是什么?是一片玲珑剔透的玉。古代的玉有各种不同形式的玉,那圆圆的一块叫玉璧,像一个圈圈的叫玉环,上面有个缺口的叫玉玦。而这里李白用的是玲珑二字,传达出一种玲珑剔透的感觉,它们同水晶帘一样,那样光明、皎洁、晶莹、寒冷。

虞炎和谢朓的诗都把怨情说出来了。虞炎说"思君一叹息"——我想念你;谢朓说"思君此何极"——我是多么想念你!李白说了吗?李白没有说。李白说的是"玲珑望秋月"。按照中国的传统,望月都是怀人:"海上生明月,天涯共此时。情人怨遥夜,竟夕起相思。"(张九龄《望月怀远》)"明月不谙离恨苦,斜光到晓穿朱户。"(晏殊《蝶恋花》)说的都是由明月引起了思念的感情。李白说"望秋月",眼睛的望是望;心里的望也是望;失望,也是望。那么,"玲珑望秋月"写的是什么?写的是女子的期待盼望,所爱的人没有来,所以有怨情。而仍一直在望是坚贞,是孤独和寂寞。李白用他的形象,用他的动词和形容词的品质和结构,提高了这首诗的境界——当你把你怀念的对象和秋月结合在一起的时候,你那对象就会变得何等皎洁、何等光明!而这也就意味着,你的感情、你的感情的光明和皎洁、你的感情的坚贞,都在那玉阶白露、玲珑秋月之中凝为一体了。这首诗把"思君"的感情提到了一个更高的层次,使那些相思怀念的痛苦提高到了一个极其高远的境界,使读者的感情得到了提炼和升华。

西方的接受美学和符号学里边也讲到了这一点。它说,一切符号都有几层不同的意思:你的表达(Expression)包括一个外形(Form),还包括一个本质(Substance);你的内容(Content)也同样包括一个外形(Form),包括一个本质(Substance)。就是说,无论从表现来说,还是从内容来说,都可以分成两层:一个是表面的一层,一个是本质的一层。刚才我们说的"菡萏香销翠叶残"和"荷瓣凋零荷叶残"表面上都是说荷花、荷叶的凋零残落,可是它们的 Substance 就不一样了。这三首《玉阶怨》从 Content——内容上看,都是写女子的怨情;可是从它们所表现的 Substance——本质上看,却有很大的差别。所以我们说,同样传达出感发作用的诗歌,它们还有着高层次和低层次的不同。

今天的概论,我只是简单地讲了一下我们中国诗歌的特质在哪里,我们评价和欣赏一首诗歌的标准在哪里。我是结合中国传统和西方理论来讲的,而主要则偏重在形象与情意的关系一方面。

关于形象和情意的关系,我们的参考资料上列出了一大堆西方理论的名词。由于我以后讲陶渊明、杜甫和李商隐的时候还要对此进行分析,所以我今天要再占一点儿时间,对这些名词做一个简单的解释。

第一个是 Simile,它的意思是明喻。像李太白的"美人如花隔云端"(李白《长相思》),说美人像花一样美丽,这就是明喻。第二个是 Metaphor,意思是隐喻,就是不把它明白地说出来。如杜牧之写一个美丽的女孩子,他说:"娉娉袅袅十三余,豆蔻梢头二月初。"(杜牧《赠别》)这是隐喻。第三个是 Metonymy,叫作转喻。像西方用皇冠来代表皇位，如陈子昂"黄屋非尧意"（陈子昂《感遇》），用"黄屋"代表天子乘坐的车辆，而借指帝王之位，这是转喻。第四个是 Symbol，是象征。陶渊明就经常用松树的形象来做象征。第五个是 Personification, 是拟人。晏小山说"红烛自怜无好计，夜寒空替人垂泪"（晏几道《蝶恋花》），这就是拟人。第六个是 Synecdoche，叫举隅。如"过尽千帆皆不是"（温庭筠《忆江南》）用"帆"代表船，就是举隅。第七个是 Allegory，叫寓托。如陈子昂《感遇》诗"兰若生春夏"，就是寓托。第八个是 Objective correlative，叫作外应物象。它不是用单独的形象，而是用一系列或一组形象来传达情意，李商隐的《燕台》诗所用的就是这种手法。

好，今天我们就简单介绍到这里，以后我们要用中西理论对比的方法来分析和欣赏一些诗。下课晚了，耽误了大家的时间，谢谢大家。

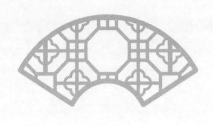

◎ 第二讲

陶渊明诗浅讲

不雕琢、不修饰、不逞才、不使气，以最真诚的态度来写诗。

饮 酒

栖栖失群鸟，日暮犹独飞。

徘徊无定止，夜夜声转悲。

厉响思清远，去来何依依。

因值孤生松，敛翮遥来归。

劲风无荣木，此荫独不衰。

托身已得所，千载不相违。

——《靖节先生集》卷三

在上一次的概论里，我谈了中国诗歌的特色。现在我要把它归纳起来综述一下。

上一次我谈到，在传统上诗与词不同。诗是要言志的；词就不必言志，尤其是早期的那些歌词。我还说，诗既然要表现自己的情志，那么你的内心首先就要真的有一种"摇荡性情"的感动。

所谓"情动于中"，那个"动"字是最重要的。我又说，中国诗歌特别重视一种直接的感发和感动的力量——"兴"的作用，这是它与西方诗歌一个主要的不同点。在上一次讲课快要结束的时候，我曾经请大家看教材参考资料里的一些西方诗论的名词，就是那些，"明喻""隐喻""转喻""象征"之类，它们都是借用一个形象来表达一种情意，而所有这些表达方式在中国传统上基本都是有的。为了证明这一点，我也举了一些相应的中国古典诗歌的例子。可是你要注意，在西方理论中所有这些形象与情意之间的关系在中国传统中都属于"比"的作用。"比"和"兴"有什么不同呢？"兴"是外物直接使我们兴发感动，是见物起兴，由物及心；"比"是内心先有一种情意，然后借用外物来做比方，是由心及物。西方诗歌中并不是没有由物及心的作品，但是在作诗的技巧和手法上，西方更重视"比"的思索和安排。无论是"明喻""隐喻"，还是"象征""拟人"，都是有意为之；而中国的"兴"，则重视直接的感发。所以我说，"兴"，是中国古典诗歌的第一个特质。

上一次我还讲到，所谓"兴"，不但重视作者由外物所引起的感动，同时也重视读者在读诗的时候由诗篇所引起的感动。我曾引了西方接受美学依塞尔 (Walfgong Iser) 的说法，说作品的两边有两个极点，一边是作者，一边是读者，读者的兴发感动也是非常重要的。后来我又提到了一点，我说一首诗若是果然传达出一种使人兴发感动的力量，它就是成功的诗；如果不能够传达出这种力量，它就是失败的诗。因此，诗人的条件第一是能感之，第二是能写之。当时我们举了三首《玉阶怨》来做比较，这三首诗虽然主题相同，但是在所达到的层次上有很大的不同。以上是我在概论中所提出的几个批评和欣赏中国古典诗歌的重点。今天，我们就要通过这些重点来探讨中国诗歌史上几位重要的诗人，我所选择的是陶渊明、杜甫和李商隐。

上次讲课的时候，有位年轻的朋友向我提出，我所选择的这些诗是否缺乏雄壮的一面？我要说，我并不是想借这个机会来说教，说教不是诗歌的目的，诗歌的目的是使大家的内心真正得到感动。所以，我不是以道德和伦理的标准来选诗的，我的标准第一先要是好诗。我这样说可能很多人会不同意，因为他们还没有完全理解我的意思。我不是认为道德和伦理这个标准不重要，也不是想抹杀道德和伦理的意义。我说过，同样是成功的诗篇，哪一个的层次更高，那就在于它所传达的那种感发生命的大小、厚薄、深浅和广狭。我们不要拿死板的教条来对诗歌做出种种拘限，然而真正的好诗却必然有一种深厚博大的感发的生命。现在我们所选择的这三位诗人是合乎这个标准的；但是在形象与情意的结合以及诗的组织结构方面，这三个人又代表了三种不同性质的"感之"和"写之"的方式。我们首先要讲的是陶渊明。

陶渊明这个作者，他的作品里边有非常深微、幽隐的含意，曾使得千百年后的多少诗人都为他而感动。现在大家都认为陶渊明是田园诗人、隐逸诗人，可是你知道吗？南宋的英雄豪杰、爱国词人辛弃疾在他的很多词里都写到陶渊明。在一首《水龙吟》里他说："老来曾识渊明，梦中一见参差是。"——我现在年岁老大了，才真正体会和了解了陶渊明，我像是在梦中真的看见了他。

上一次我提到钟嵘《诗品·序》"嘉会寄诗以亲"的时候曾经说，遇到真正能够倾心的友人，这也是人世间使人感动的一件事。我举了杜甫送给李白的诗做例子。杜甫说："乞归优诏许，遇我夙心亲。"（杜甫《寄李十二白二十韵》）——我跟他一见面就这样亲近，好像这感情早已在我的内心存在。这就如同《红楼梦》里贾宝玉初见林黛玉时所说的那句话："这个妹妹我曾见过的。"他觉得，自己内心深处与生命结合已久的东西和对方有了一种暗合。杜甫对李白那斗酒百篇的风格极为倾倒，为李白写了不少诗。他说"白也诗无敌，飘然思不群。清新庾开府，俊逸鲍参军"（杜甫《春日忆李白》），又说"世人皆欲杀，吾意独怜才。敏捷诗千首，飘零酒一杯"（杜甫《不见》），热烈地赞美李白的才气，深深地同情李白的遭遇。杜甫和李白是同时代的人，所以有机会相见；而陶渊明和辛弃疾一个生在东晋，一个生在南宋，见面是不可能的。可是辛弃疾说了："我虽然不能和他当面相逢，但在梦中见到了他。"你们看，这是多么深切的感情！在前面所举的辛弃疾的这一首词中，他又曾说过："须信此翁未死，到如今凛然生气。"他说，当我读陶诗的时候，我相信这位老先生从来就不曾死去，因为他的诗到现在还能够给我如此鲜明和强烈的感动，使我感觉到他那凛然的、强大的生命力量。

我过去常常引杜甫赞美宋玉的一句诗"摇落深知宋玉悲"（杜甫《咏怀古迹五首》之二）。悲秋是中国诗的传统，那些没有机会实现自己的理想抱负的才志之士，他们看到秋天草木零落，就引起了对自己生命落空的悲哀。因此杜甫在千载之后能够深深地懂得宋玉的悲哀，并且"怅望千秋一洒泪"，感叹自己与宋玉"萧条异代不同时"。足可见到中国古典诗歌中强大的感发生命的力量，陶渊明的诗也有这种力量，我们现在就将通过几首小诗来看一看他是怎样传达这种力量的。

我曾经讲到诗人的条件，第一是能感之，第二是能写之。如果你心里虽然很感动，但不能写出诗来；或者虽然写出诗来，却不能传达你的感动，那你就失败了。有一位朋友和我谈到，他非常喜欢诗，也有写诗的感动，却没有写诗的训练。这的确是一件可遗憾的事情。我在加拿大教书，我的班上有一些从香港来到加拿大的中国血统的学生。有的很有天才，对于诗歌艺术的理解能力很强。我对他们说："你们有这么好的感受能力，应该写点东西。"他们说："老师，不成。我们半途来到西方英语国家，所以我们用英语表达的能力不够；我们从小就离开了自己的故乡，所以我们用中文表达的能力也不够。"像这样的学生，在我加拿大的班上不止一个。他们有文学艺术的天才却没有用一种语言文字表达的能力，这真是人间最大的遗憾。

我在上次讲课时提到了西方一个有名的哲学家马斯洛(A.H.Maslow)，他生在一九〇八年，死在一九七〇年。马斯洛提出一个哲学理论叫"自我实现"(Self-actualization)。他认为每个人都有权利实践和完成自己最宝贵的东西，一个真正伟大的天才，他的这一份自我实现的需要是不可遏止的。马斯洛列举了一些能够自我实现的人，其中包括科学家爱因斯坦、音乐家贝多芬和政治家林肯。我以为，在诗人里边陶渊明也可以说是一个自我实现的人，他完成了自己最超越的、最美好的一种品格。不过，有一句话我本想放到最后再说的，可是讲到这里我还是忍不住要说出来。那就是，陶渊明的自我完善是消极的、内向的，真正是只完成了自我。当然，他的诗歌能感动千百年后的读者，那也是一种完成，但毕竟是可悲哀的。因为陶渊明并不是一个不想向外去实现自己政治理想的人，可是在这一方面他是失败了。这是很可悲哀的。而如果就"自我实现"而言，我们应该看到，陶渊明是付出多少饥寒劳苦的代价，用身体力行的实践完成了他自己，这种坚毅的品格和持守当然是我们的一种宝贵传统，我们不该抹杀。然而，以陶渊明这样伟大的人格，却只能完成个人的自我实现；在政治理想方面他只能走消极的道路，不能积极地自我完成，这又是为了什么？在我们的传统之中，哪些是应该继承的精华，哪些是应该丢弃的糟粕，难道我们不应该进行一番反省和探讨吗？我觉得，在我们的传统里最可怕的东西就是几千年封建制度所形成的官僚腐败系统——我以为是如此的。也许我说得不对，观察得并不正确，但是上次我说过："余虽不敏，余虽不才，然余诚矣。"我是非常诚恳地讲这番话的。而且我还认为，我们不要总是埋怨别人、埋怨社会，因为我们每个人都是形成社会的一分子。《华严经》上说，人与人之间的关系、人与世界的因缘关系"譬如众镜相照"——每一个人都是一面镜子，你的镜子里边映出了别人的影子，别人的镜子里边也映出了你的影子。我们从这里得到一个什么结论呢？就是你不要轻视自己，你说一句话或者做一件事情，你的态度诚恳不诚恳，对整个社会的状况并非无足轻重而是起着微妙的作用。现在我们就来看一看陶渊明在那官僚腐败的社会之中经过怎样的痛苦挣扎,如何完成了他自己的。我们先看教材上的第一首诗《饮酒二十首》之四:

> 栖栖失群鸟,
> 日暮犹独飞。
> 徘徊无定止,
> 夜夜声转悲。
> 厉响思清远,
> 去来何依依。
> 因值孤生松,
> 敛翮遥来归。
> 劲风无荣木,
> 此荫独不衰。
> 托身已得所,
> 千载不相违。

我说过我的重点并不放在伦理道德的内容上,但是这也不妨碍陶渊明的诗自然地反映出这些问题和现象。现在我所要探讨的是艺术,是他所以能传达出来的这一份兴发感动的生命的因素是什么。我觉得,我们中国的好处就是这种直觉的感受能力很强,所以我们重视“兴”的方法。我们的缺点就在于科学分析和逻辑思维的缺少,所以我们的文法宽松,没有时态、人称这种种细致的分别。我们的社会为什么缺少法制精神？为什么缺少公德和秩序的观念？原因恐怕也在这里。我说过，对于我们传统上宝贵的东西应该尽力保存，对缺点应该尽力改变；但是我们不能盲目地保存，也不能盲目地连根拔掉。这就是我们今天所要反省的。

上一次讲完课之后，我见到了我们辅仁校友中一个比我高几班的学长——师范大学历史系的刘乃和教授，她说："哎呀，我小时念书念到'玉阶生白露'，只是觉得这句挺好，可从来没想到你所说的那个'生'字有这么大的作用！"这话一点儿也不错，我小时念诗也是如此，念过之后只觉得不错，可是说不上什么缘故来。今天台下也有和我一起上过课的同班同学史树青先生，不知他还记不记得，那时教我们应用文的夏宇众老师给我们讲对联，讲到"书似青山常乱叠，灯如红豆最相思"一联——他只是说："好，真的是好！"可是为什么好，他就不讲了。这并不是他没有体会，他的确有很深刻的体会，受到了很深的感动，可是我们中国的古典诗歌理论就是缺少一种思辨的能力。我为什么讲诗时要做很详细的分析呢？这就与我在国外的经历有关了。我不是说过，由于生活所迫，逼得我不得不用英文去给人家讲中国诗吗？讲了以后，那些外国学生很有意思，他们总是问我"为什么"——为什么是这样子的呢？你为什么不那样说呢？我说李商隐的《无题》诗"八岁偷照镜，长眉已能画"是一首象喻的诗；所谓"十五泣春风，背面秋千下"，是李商隐表现他自己那美好的才德没有得到人家的欣赏。学生们就问了："你怎么知道它是象喻？也许他就是写了一个现实中真正的女孩子呀！"于是我就得给他们做详细说明。有的学生翻译"春雨足，染就一溪新绿"（韦庄《谒金门》）一句词，他们说"春雨足"那是春雨的脚。我说不对，"足"是雨下够了，下得很透。他们说，为什么是下够了下得很透呢？说春雨的脚把溪水染绿了，这不是很好吗？于是我又得一点一点地跟他们解释。就是这样的训练，养成了我详细地一点一点解释的习惯。实际上西方的文学批评也正是走了这样一条道路。西方的新批评学派（New criticism）讲究什么形象、组织、质地，什么 Structure、Tone color 等等，所有这些无非是告诉你，欣赏或批评一首诗只说它好不好那是不够的，一定要说出个所以然来，一定要有一个思维的方法。接受美学提到"背离作者原意的读者"可以从诗里边感发出一生二、二生三、三生无穷的联想，可是为什么会有这种感发和联想呢？王国维从人家写相思离别的小词里看出了成大事业、大学问的三种境界，引起他这种感发的基本因素是什么呢？接受美学认为，最基本的因素在于 Text（文本）。就是说，作品的文学语言的根本里边就包含了这种感发的可能性。好，现在我们就来看陶渊明的诗里边这些因素何在。

"栖栖失群鸟，日暮犹独飞"，这首诗的开头两句写得很简单，可是却给我们开辟了联想的天地。鸟是需要同伴的，人也不愿意离群索居。我提到过的西方人本哲学家马斯洛有几本著作可以看一看，第一本是《动机与人格》（*Motivation and Personality*），第二本是《存在心理学探索》（*Toward a Psychology of Being*），第三本是《人性发展能够达到的境界》(*Farther Reaches of Humam Nature*)。马斯洛认为，一个人的动机一定会影响他的人格；他还认为，人性的发展能够达到最高的境界，关键在于你有没有把你那自我的最宝贵的东西发展和完成。马斯洛提到"约拿情结"(Jonah complex)，这是《圣经》上的一个故事。约拿是《旧约圣经》里的一个人，神给了他一项重要的使命要他去完成，但是他考虑到个人的利害，唯恐完成不了这个使命，又唯恐神中途改变了主意。因为神对他说的是，这个城市里的人都犯了罪，我要在多少天以后把这个城毁灭。让他去传达这个旨意。约拿不肯听神的命令，他说我知道你是一个有怜悯心的神，如果我去传达了你的旨意，那里的人都改善了，你就不会再毁灭那个城，那么大家就都要指责我约拿，说我说了不真实的话。为了考虑个人的这一点点因素而拒绝了神的命令，这个 Complex，这种情结，感情里的这个阻碍，就叫"约拿情结"。就是说，为了个人得失利害之类的次要问题而丢掉了你本来能够完成的一个更重要、更美好的使命，这就是约拿情结。马斯洛又说，人类最低等的需要是生存的需要，这是人和动物所共有的：老虎要吃其他的动物，人则需要有衣食的温饱。就像陶渊明所说的"人生归有道，衣食固其端"(陶渊明《庚戌岁九月中于西田获早稻》)——我们最终极的目标是一个"道"字，一个最高的理想境界；可是你饿死了还有理想吗？所以，生存的需要——衣食是人类最基本的需要。满足了生存的需要之后就希望有一个安定的环境，这就是安全的需要；然后，还需要有朋友，有归属的社会，这又是归属的需要。我刚才提到我在加拿大的那些学生，在香港上的小学，在加拿大上的中学，英文所达到的程度不能表达自己，中文程度也无法表达自己，他们把自己叫作"竹生"。"竹生"是广东话，就是在竹筒里面生存的人——竹筒是两边都不通的。还有一个在我的班上念过书的男同学曾经回中国大陆读书，在天津南开大学读了两年书。他对我说，他在没有回中国大陆之前觉得自己在西方社会不能归属，可是回中国大陆之后发现，他也不能归属，因为他从小不是生长在这块土地上的，这里的生活环境、风俗习惯，他有许多不能适应。而我则不然，我虽然离开故乡三四十年，可是一回来我马上就有了归属的感觉，因为我从小就在这里生长。昨天我见到了我四十三年前在北京教过的一个学生，她说她还记得我当年给她们上课时讲课的姿态、穿的衣服和头发的式样，这是多么亲切的感觉。我和我那些中学、大学的同学们已经分离了半个世纪，但是我一回来就和他们打成了一片。可见，归属的感觉是十分重要的。不然，《诗品·序》上怎么会说"离群托诗以怨"呢？

可是，陶渊明这首诗里所说的这只鸟却是一只"栖栖失群鸟"，它失去了它的同伴和它的归属。陶渊明的诗里最喜欢用的几个形象是飞鸟、松树和菊花。我们上次不是讲过西方文学批评中形象使用的模式吗？不是有一个"象征"（Symbol）吗？飞鸟、松树和菊花在陶诗里就已经形成了一种象征。陶诗里经常写到鸟，例如有一首《归鸟》说："翼翼归鸟，晨去于林。远之八表，近憩云岑。""翼翼"是鸟的翅膀在动的样子。他写了一只正在向鸟巢飞回来的鸟，这只鸟不是没有飞出去过，早晨它曾经离开自己所居住的那一片山林，飞得很远很远，"远之八表"。现在为什么飞回来了？那是因为"和风弗洽，翩翩求心"——外面本来风和日丽，但忽然之间就天昏地暗，雨骤风狂了，就像《停云》诗所说的："八表同昏，平路伊阻。"什么是"八表"？"八表"就是东、南、西、北，再加上东北、西北、东南、西南。现在这八方已经都在黑暗之中了。我所要走的路本来是平坦的大路，现在也发生了阻隔。——讲到这里我就要说，如果是一个积极的诗人，他就要和暴风雨做斗争，要冲出去；可陶渊明不是，他是一个实现自己的能力强而改造社会的勇气少的一位诗人，所以"和风弗洽"就只能"翩翩求心"了。"翩翩"，是翻转了翅膀。他说，我不再追求那八表之外的东西了，既然没有办法使整个社会达到那最高的境界，我只能翻回过头来实现我自己了。

我以为世界上有几种不同的人。如果说大地上都是蠕蠕而动的蛆虫的话，有一些人为了生存就不得不把自己也变成蛆虫；而另一些人则能够飞起来，保持住自己的清白。不过这后一类人也有几种不同的态度。一种是自命清高，瞧不起别人的低下；另一种是，我既然能飞上去，那么我也要带领大家都飞上去。陶渊明是飞起来的人，他没有自命不凡，而是躬耕田野过着饥寒交迫的生活，与田夫野老有着亲切的交往。他每天"晨兴理荒秽，带月荷锄归"（陶渊明《归园田居》）；他和那些耕田的农夫"相见无杂言，但道桑麻长"；辛弃疾赞美他"只鸡斗酒聚比邻"（辛弃疾《鹧鸪天》）；他喜欢那"弱子戏我侧，学语未成音"（陶渊明《和郭主簿》）。他热爱那些普通人，这是他的好处；可是他的缺点则在于，他没有能够带领大家一起飞。这并不是说他就没有带领大家一起飞起来的愿望，而是因为在当时那种社会环境之下，他没有那个能力，所以他只能退回来完成他自己了。

陶渊明常喜欢用鸟的形象，在《归园田居》里陶渊明还说过，"羁鸟恋旧林，池鱼思故渊"——被关在笼子里的鸟总是怀念它旧日的森林；被人捉去养在池水中的鱼总是怀念它过去的山渊。他说他自己"质性自然，非矫励所得，饥冻虽切，违己交病"（陶渊明《归去来兮辞序》）——真诚和自然是我的天性，如果让我违背自己的天性去做那苟且逢迎的事情，我会觉得比忍受饥饿寒冷更为痛苦。这就是马斯洛所说的从生存的需要到安全的需要、归属的需要、再到自尊的需要，直到自我实现的需要。最高的一层是自我实现的需要。陶渊明尽力要达到这种最高境界的结果，就使他自己不得不失群了。如果大家所走的道路是不正确的，难道我也必须跟着走吗？——陶渊明曾经在《饮酒》诗中，说过"纡辔诚可学，违己讵非迷！""辔"是马的缰辔；"纡"是使它弯曲。你们都走斜路，我也不是不会把马头掉转过来也去走那条路，但那样就违背了我自己，就会造成我一生的迷失和困惑。这就像《圣经》上保罗的书信中说的："你赚得了全世界，却赔上了你自己！"——你就不能达到那最美好的自我实现的境界了。我是喜欢跑野马的，昨天我们几个老同学在一起谈话，他们说最近中国气功很流行，气功可以挖掘人体内部的潜能。尽管我现在所说的不一定是气功所指的那种潜能，但人类一定是有尚未完全发展的潜能的。就是说，在你的内心，在你的品性和感情之中一定隐藏着某种最美好的东西，你把它挖掘出来，使它能够实现，那就是一种自我的完成。陶渊明为了完成自己，不但付出了饥饿寒冷的代价，而且付出了寂寞孤独的代价。由此可见，"栖栖失群鸟"的这个鸟，果然是一个象征的形象；陶渊明的这首诗也果然是一首象征的诗。

我说过曾经有同学问我，李商隐的《无题》诗"八岁偷照镜"，你怎么就知道他不是真的写一个女孩子而是在象喻他自己呢？在这里你也可以问，陶渊明这首诗，你怎么就知道他不是真的写一只鸟而是有你所说的那么多象征的意思呢？我说，这是可以证明的，"栖栖失群鸟"的"栖栖"两个字就可以证明。去年我在这个礼堂里讲词的时候讲到西方语言学和符号学里所提到的语码（Code）的作用。就是说，某种语言的某个词汇在它的文学传统中常常被使用，于是就成为了一个语言的符码，当它出现的时候，就能引起你一片联想。例如你听到"蛾眉"，就联想到屈原《离骚》中"众女嫉余之蛾眉"等等。"栖栖"也能给我们一种联想。《论语》里面曾记载有人批评孔子说："丘何为是栖栖者与？"（《论语·宪问》）——孔丘你这个家伙，人家都舒舒服服地吃饱了睡觉，你干嘛要在列国之间东奔西跑，总想找到一个地方实现你的理想呢？你看，"栖栖"这两个字有这么丰富的意思，它曾经和我们中国的"圣人"孔子结合在一起，因此"栖栖"就增加了象喻的意思。去年我在这里讲了大晏的词《山亭柳》，其中"数年来往咸京道，残杯冷炙谩消魂"几句，说的是一个年岁老大不再被人欣赏的歌女只能喝人家的酒底，吃人家的剩饭冷肉。可是句中

"残杯冷炙"这几个字出于杜甫的诗"残杯与冷炙，到处潜悲辛"
（杜甫《奉赠韦左丞丈二十二韵》），因此，这首词就被提高了，有
了更深一层的意思。同样，这里用了"栖栖"二字，所写的就不
止是一只不安定的鸟，而是一个不安宁的、有理想的灵魂的追求。
屈原说："吾令羲和弭节兮，望崦嵫而勿迫。路漫漫其修远兮，吾
将上下而求索。"（屈原《离骚》）后来，鲁迅先生把这两句话做了
他的题词。这你就可以看到，千百年前的诗人，不止是陶渊明感
动了辛弃疾，宋玉感动了杜甫，屈原不是也感动了鲁迅吗？可见
在我们中国的读书人之中，永远有一些人有着这种不断追求的、
不死的心灵。

　　"栖栖失群鸟，日暮犹独飞"——天已经黑了，一只失群的
鸟仍然在孤独地飞着。我们上一次讲三首《玉阶怨》的时候曾经
讲过，一首好的诗歌，它的所有形象总是要集中指向同一感发作
用的焦点。谢朓的"夕殿下珠帘"这五个字并没有写怨情却已经
传达出了怨情，那是因为黄昏已经是休息的时候，等的人却还没
有来。陶渊明这首也是一样，黄昏已经是人归家、鸟还巢的时
候了，可这只栖栖的不安的鸟还在飞，这就已经传达出一种孤独
寂寞的悲哀，也表现了一种独自飞翔的勇气。一首好诗，它的每
一个字都起一定的作用。"犹"是仍然、依旧的意思，说它依旧
在独飞，就可见这只鸟独飞的时间有多么长了。有的人可以独飞
两分钟，要他飞三分钟就坚持不下来了，可这只鸟是"日暮犹独
飞"，不肯随别的鸟去找一个有东西吃的地方落下来。那么，这只
鸟的目的难道就是独飞吗？它难道不愿意落下来找一个安定的所

在？不是的。它"徘徊无定止，夜夜声转悲"——它已经飞来飞去很久，而且度过了不止一个独飞的长夜。"夜夜声转悲"这里这个"转"字就和以前我讲的那个"生白露"的"生"字一样微妙。"转"者，是中间有所变化。也就是说，不是同样的悲，而是一夜比一夜更加悲哀了。它到底要找一个什么样的地方落下去呢？陶渊明说，它"厉响思清远"——听到它那哀厉的叫声就可以知道，它是要找一个真正清洁的、高远的、没有污秽的所在。它一直在来来去去地找，带着那么深切的感情——"去来何依依"！我们常说"依依不舍"，那好像只是对于过去的留恋，其实不仅如此，"依依"可以留恋过去，也可以向往未来。我以为，这里的"去来"两个字是承接了上一句的"徘徊无定止"来去的飞，而"依依"两个字表现了这只鸟是怀着多么深切的依依的感情在寻找一个它真的愿意终身依托、永不离开的地方。"依依"不是对过去的怀恋，而是对未来的寻求向往。

我说过，陶渊明是一个自我实现了的人，他终于找到了这一片境界。马斯洛说"竭尽所能，趋求完美"，在这一方面，陶渊明虽然没有使整个社会都趋向完美，但是他自己实现了完美。所以，那只鸟也终于找到了它的栖身之所——"因值孤生松，敛翮遥来归"。我们刚才说，"鸟"在陶诗里是一个象征的形象；现在我们又可以看到，"松树"在陶诗里也是一个象征的形象。陶渊明的很多诗里都提到了松树，但是由于时间不多，我不能再跑野马引太多的诗句了。中国古人说："岁寒，然后知松柏之后凋也。"（《论语·子罕》）——当众草荒芜、众芳芜秽之后，松树的叶子依然是长青的。还不止如此。这只鸟找到的这棵松树还是一棵"孤生松"——是因为有人了解你，支持你，赞美你，你才这样做的吗？不是。陶渊明是坚强的，就是只剩下一个人，他也要保住自己的持守，所以他才用孤生的松树来做象征。"敛翮遥来归"这句写得极好，不但它代表的情意很深刻，它的形象也非常新鲜活泼。什么叫"敛翮"？"翮"是长着硬羽毛的翅膀；"敛"就是收。你看见过空中的老鹰落下时的样子吗？它在高高的天空上慢慢收拢翅膀，远远地就朝着它的目标落下来。这只鸟一定也是这样。也许有人要问，陶渊明找到的那棵"孤生松"到底是什么？是他的田园吗？是他住的茅屋吗？你记得，我在上一次讲课时曾经说西方那些语言学家、符号学家曾经提到什么？他们说，表现（Expression）有它外形（Form）的一层意思，还有它本质（Substance）的一层意思；内容（Content）也有它外形的一层意思和本质的一层意思。这"孤生松"不在现实之中，而是陶渊明心中的一种境界，所以不必实指。"劲风无荣木"——这株松树是一棵怎样的树？在强劲寒风的摧折之下，没有一棵树木还留有枝叶花朵。这就是"众芳芜秽"（屈原《离骚》）；这就是"雨中百草秋烂死"（杜甫《秋雨叹》）！大家都被这种腐败沾染了，然而，居然有一棵孤松在劲风之中并没有凋残——"此荫独不衰"。因此，我终于真正找到了一个我愿意停下来把自己的身心交托给它的所在，从此以后，无论外界再有什么艰难困苦，不管我自己必须付出什么代价，我永远也不会改变了。这就是"托身已得所，千载不相违"。

以上，我们讲完了陶渊明的第一首诗。这首诗好像说故事一样，有一个先后的次第：一只失群鸟，它的独飞，它的徘徊，它来去依依，它终于遇到一棵松树，它落到松树上决定不走了。这在结构上是一种非常平顺的、直接的叙述。下面我们看教材上第二首诗《咏贫士七首》之一：

> 万族各有托，
> 孤云独无依。
> 暧暧空中灭，
> 何时见余晖。
> 朝霞开宿雾，
> 众鸟相与飞。
> 迟迟出林翮，
> 未夕复来归。
> 量力守故辙，
> 岂不寒与饥？
> 知音苟不存，
> 已矣何所悲。

在开始讲之前，我们也看看他写出来的几个形象：一个形象是孤云；一个形象是"迟迟出林翮"的鸟；第三个形象他没有直接说出来——是人，是他自己。我们可以看出来，这第二首诗的进行是三个不同形象的跳接，中间并没有把形象之间过渡的经过明白地说出来，就一下子跳到另外一个形象上去了。我平时很不喜欢讲什么作诗的方法。我觉得按照作诗、作文的方法所写出来的东西，大概最好也只能成为第二等的作品。真正的好作品是什么？是像苏东坡所说的："大略如行云流水，初无定质，但常行于所当行，常止于所不可不止。"（苏轼《答谢民师书》）就是说，哪一种形式、哪一种叙写方法最适合把你的感情和意念的活动传达出来，那就是最好的方法。我曾经说，西方语言学家索绪尔（Ferdinand de Saussure）提到，语言能够产生作用主要由于两种因素，一个是选择，一个是安排的次序。所谓选择，就是说你为什么选择这个语汇而不选择那个语汇。陶渊明为什么选择了"栖栖"两个字呢？——刚才有朋友来问我，"厉响思清远"的"厉"字到底是很强、很大的意思，还是凄厉、惨厉的意思？我回答是兼而有之。因为我上次说过，从联想的角度，你可以一生二、二生三、三生无穷，同时，一句诗又可以有多义，有很多的意思。我现在没有时间再做解释，我曾经在《光明日报》上写了一些"随笔"，那里边谈到诠释的多义性；此外，我过去还提到英国的一个学者、诗人和文学批评家威廉·恩普森（William Empson）写过 *Seven Types of Ambiguity*，朱自清先生当年把它译为《多义七式》。因此，诗是可以多义的，两种解释不是不能并存。所以"厉"字可以兼有两个意思——刚才我说，陶渊明为什么用了"栖栖"两个字？因为他通过这两个字能够给我们以"丘何为是栖栖者与"的联想，这就是在用词上的一种选择作用。那么安排次序的作用呢？我过去也曾举过例证，那就是杜甫《秋兴八首》最后一首中的"香稻啄余鹦鹉粒，碧梧栖老凤凰枝"二句。香稻没有嘴怎么啄？碧梧没有脚怎么栖？当然是鹦鹉啄、凤凰栖了，可杜甫为什么要倒过去说？难道他是个玩花样的诗人吗？你要知道，无论做人、做事，还是作诗、作文，如果想要玩弄花样的话，那么不管他玩弄得多么巧妙，永远是第二等的。在这里，杜甫决不是想玩弄花样，决不是为了显示自己与众不同。他不是那种诗人，杜甫是个非常诚恳、深厚的诗人。但是他为什么要把那两句话倒过去说？因为如果说"鹦鹉啄余香稻粒""凤凰栖老碧梧枝"那样就句法平顺，变成了写实的句子，就是说，眼前就真的有鹦鹉吃剩下的香稻粒，真的有凤凰栖落而且终老在碧梧枝上了。但杜甫要写的不是那个意思。孔子就曾说"凤鸟不至，河不出图，吾已矣夫"（《论语·子罕》）——凤凰老早就不出现了。杜甫要写的是开元天宝的盛世人民生活的富足和安乐，那时候稻米多得不但人吃不了，连鹦鹉都吃不了，而在当日通往渼陂的路上碧梧之多之美，真能把凤凰都引了去。这些，我要留到明天讲杜甫的时候再详细讲。现在我要说明的是，词语的选择和次第的排列是很重要的一件事情。陶渊明有时用很平顺的句法，有时又用不平顺的、跳动的句法，那是因为他是个任真、自得的人。他完全凭任自己内心感发情意的流动，完全没有存心考虑别人对他评论的好坏。他说："知音苟不存，已矣何所悲。"——你们说我好或者说我坏有什么关系！只要我确实尽了最大的努力去趋求完美，我不管你们是不是理解我。白居易写诗一定要念给老太婆听一听，追求平易、通俗，"老妪都解"；杜甫则"语不惊人死不休"（杜甫《江上值水如海势聊短述》）；而陶渊明则既不避免平顺的、无变化的句法，也能写出随着意念的流动而跳接的句子。在中国所有的诗人里面，真正能够不雕琢、不修饰、不逞才、不使气，以最真诚的态度来写诗的，也就要数陶渊明了。要知道，一般诗人为了把自己的诗写好，总是先存一个用种种方法跟别人争胜的心理，而这就已经使自己落入了二等。你不要跟别人去比，我说的是自我的实现，是你自己有没有竭尽你的所能来趋求自己的完美。从这一点来说，陶渊明是无人能比的，因为他真能够"摆落悠悠谈，请从余所之"（陶渊明《饮酒》）——你们悠悠众口说好说坏有什么关系，我要为自己追求一个完美的目标。我们所看到的这两首诗的不同结构，正是表现了陶渊明这份完全以淳真的面目和世人相见的基本态度。所以元遗山在他的《论诗绝句三十首》之中有一首论陶渊明说："一语天然万古新，豪华落尽见真淳"。

一九七九年我第一次回国来教书时，也曾提到了陶渊明的"豪华落尽见真淳"。后来有一个女同学问我："老师，只要真诚就是好的吗？"我说不错，修辞立其诚，真诚一定是好的，不过真诚的作品也有所不同，那就是——你的真诚所表现的是什么？如果你真的是这样纯净洁白，那么你所表现出来的果然也就是纯净洁白；如果你本身是污秽杂乱，那么你所坦露出来的自然也是污秽杂乱。当然，不管是洁白还是污秽，能够以这样真诚的态度相见就已经很好了，然而更可贵的是什么？是陶渊明不但以真淳与世人相见，而且他的真淳是深厚的而不是浮浅的，是复杂的而不是单调的。他的诗表面看起来很简单，可是却包含了很多很多曲折深远的感发的情意。我的《论诗丛稿》里边收了一篇我以前所写的文稿，标题就是《从"豪华落尽见真淳"论陶渊明之"任真"与"固穷"》。在那篇文章里我做了一个比喻，我说陶渊明虽然是以真淳的本色与世人相见，然而他的本色却原来并非一色，而是如同日光七彩融为一白。也就是说，他像日光一样把红、黄、橙、绿、青、蓝、紫七种彩色光线融会成纯净澄澈的一片纯白！所以苏东坡说陶渊明的诗是"癯而实腴"——外表看起来很枯干、很平凡，实际上非常丰美。

好，现在我们就要看他的第二首诗了。他说："万族各有托，孤云独无依。暧暧空中灭，何时见余晖。"我以为，在中国的诗歌里写到人类生命的孤独、寂寞、短暂、无常，没有比这四句更深刻、更沉痛的了！我去年在这个礼堂讲过李后主的一首词："林花谢了春红，太匆匆。无奈朝来寒雨晚来风。"(李煜《相见欢》)这几句写人生的短暂无常写得很感人。可是朱自清先生说了："桃花谢了，还有再开的时候；燕子去了，还有再来的时候。"李煜所写的花虽然谢了，明年还可以再开，可是只有陶渊明写的这种无常和孤独才是真正可怕的无常和孤独！宇宙间草木鸟兽各种品类都有它的托身之所——树木长在土地上；鱼游在水里；鸟儿做巢在树枝上。而最孤独的，只有天上孤飞的那一朵云。它上不在天，下不在地，根不在土，身不在水，那真是彻底的、没有依傍的孤独！陶渊明为什么常常写到孤独？那是因为，陶渊明所选择的这条路，是别人都没有选择过的；陶渊明所保持的品格操守，是别人不能理解的。他在给他的儿子写的一篇文章里说自己是"性刚才拙，与物多忤"（陶渊明《与子俨等疏》）——性情太刚强，不知道苟且求全，在官场中生存的能力太差，与官场社会有很多不能相合的地方。在《归去来兮辞》的序里他也曾说："饥冻虽切，违己交病"——饥饿和寒冷是切身的痛苦，可是如果违背自己的本性去做那种贪赃枉法、堕落败坏的事情，我觉得比饥饿寒冷更痛苦。

马斯洛的自我实现的哲学认为，人的需要有几个不同的层次，首先是生存需要，然后是安全需要、归属需要、自尊需要，一直到最高的层次——自我实现的需要。马斯洛曾经写过几本书，其中有一本叫作《动机与人格》(*Motivation and Personality*)。这本书上说，你所追求的事情一定会影响你的人格，而达到了最高层次的人，也就是以自我实现、自我完美为追求的动机和目标的人，他自然就会超越那些低层次的需要；他自然会觉得，吃得坏一点儿或者穿得坏一点儿并不重要，只有真正精神上的自我实现才是最重要的事情。陶渊明在给他的儿子们写的那篇文章里还说，是我"使汝等幼而饥寒"，"每役柴水之劳"——作为一个父亲，我使孩子们从小就在饥寒交迫的痛苦之中生长，不得不帮我砍柴、担水，我觉得对不起你们。可是，我为什么做了这样的选择？谁能了解我？他说"但恨邻靡二仲，室无莱妇"——我所遗憾的是我的邻居里边没有像羊仲、求仲那样的朋友，我的家里没有像老莱子夫人那样的妻子。历史上说，老莱子的妻子能够忍耐贫穷困苦，不但甘心情愿跟随丈夫过贫穷的生活，而且还鼓励他坚持自己的持守。——由此可见，陶渊明在精神上也是十分孤独寂寞的。

我们刚才说，陶渊明的第一首诗写的是鸟，第二首诗写了云，写了鸟，写了人。但是陶渊明除了用大自然景物的形象来写自己的喻托之外，他也用人世间的形象来做喻托，有时候写得跟真的一样。现在我们来看教材上参考诗篇中的一首诗，我认为这是写得很好的一首作品。《拟古九首》之八：

少时壮且厉，
抚剑独行游。
谁言行游近？
张掖至幽州。
饥食首阳薇，
渴饮易水流。
不见相知人，
惟见古时丘。
路边两高坟，
伯牙与庄周。
此士难再得，
吾行欲何求！

我刚才说陶渊明的诗就像日光七彩融为一白。不过，他是经过心灵上很复杂的矛盾和精神上种种痛苦才最后到达这种真淳之境界的。陶渊明难道从生下来就心甘情愿做一个田园的隐逸之人吗？不是的。中国的读书人有一个传统——也就是儒家的传统——要"修身、齐家、治国、平天下"。读书人就应当以天下为己任,"士志于道,而耻恶衣恶食者,未足与议也"(《论语·里仁》)。我们中国虽然历尽了苦难,我们中国人里虽然也出过不少堕落的败类——就像老舍先生在《四世同堂》里所写的那种汉奸国贼——但是,我们也还有那么一批坚贞的志士,那么一批勇敢的、有理想和志意的人。这种人,我们中国一直是有的,现在也有的,只要留神,你可以时时看到。虽然在黑暗之中,也可以发现他们那一点一点的闪光。读书人关心国家、关心社会,这正是我们中国最优秀最美好的传统,是我们国家的希望之所在。

因此,陶渊明当年也曾经有过一份用世的志意。可是——我不是教历史的,我们也没有时间多讲历史背景,不过大家只要有一点历史常识就知道东晋是一个什么样子的时代。那时北方完全陷落,五胡乱华,而统治阶级内部那些野心的军阀还在彼此攻伐。陶渊明的故乡在江州浔阳柴桑,而江州是军阀攻占的必争之地,桓玄造反曾经占据了江州,后来又被消灭了,其间那一次次的战乱使老百姓流离失所。这些,陶渊明难道没有经历过吗?他难道不关心吗?所以有很多人曾经批评陶渊明,说你看杜甫经过天宝的乱离在诗歌中反映出多少民生疾苦!陶渊明怎么就没有反映呢?是不是他对国家对民生并不关怀?我说不是的,那是人的类型不同,是反映方式的不同。杜甫是一个外观类型的人,所以把时代、社会、民生以及他自己的整个经历都反映到他的诗歌之中了。但陶渊明不是,陶渊明这个人不是外观类型而是内省类型的。他的内心是一面镜子,国家和社会的种种灾难和不幸,这面镜子里都有，可是他把这些外表的事象都消融了，他所写的是他内心对所有这些忧患和苦难的一个反照。同时，陶渊明也不是没有过向外的追求，不是没有过政治上的志意和理想。他曾说"少年罕人事，游好在六经"（陶渊明《饮酒二十首》之十六）——少年时我没有经历过人生的挫折、苦难，不知道世道的艰难，那时候，我读了古书就相信古人的话，读了圣贤的书就相信圣贤的话。他在《归鸟》一首诗，也曾经要"远之八表"，可是因为"和风弗洽"，这才"翻翻求心"。他还有一首诗说："白日沦西阿，素月出东岭。遥遥万里辉，荡荡空中景。风来入房户，夜中枕席冷。气变悟时易，不眠知夕永。欲言无余和，挥杯劝孤影。日月掷人去，有志不获骋。"（陶渊明《杂诗十二首》之二）为什么"有志不获骋"？因为时代让他无能为力！封建社会的那种官僚势力就像一条大锁链，牢牢地锁住了当时的读书人。以陶渊明这样精金美玉般的人品，这样艰苦卓绝的操守，日复一日，年复一年，岁月空掷，他只能保持自己不与龌龊之世同流合污，却不能实现当年那美好的志意和理想！这难道不是一个悲剧吗？所以，陶渊明有很多首诗都是写他在这种痛苦的矛盾之中绝望的挣扎；而他最后也终于在这种种痛苦之中实现了自己。他是孤独寂寞的，那"无依"的"孤云"形象就是他本身的写照。

现在我们还是回过头来讲刚才读过的那首诗——"少时壮且厉，抚剑独行游。""壮"指具有强壮的身体；"厉"指具有勇敢前进的志愿。至于"抚剑"，你是否需要考证陶渊明当时有没有拿着一把剑呢？那是不必的，因为这把剑只是象征着那种凌厉勇敢的精神。"谁言行游近？张掖至幽州"——对这两句，也没有必要作一篇《陶渊明远游张掖幽州考》。因为当时北方五胡乱华，陶渊明从来没有到过张掖和幽州，他所写的不是身游而是心游。张掖和幽州是北方胡人所占之地，因此这两句也就象喻了他统一中国的愿望。"饥食首阳薇，渴饮易水流"——陶渊明真的到首阳山上吃过那里的薇蕨吗？没有。这里也是指精神上的饮食而不是口腹中的饮食。伯夷和叔齐为了坚持自己的操守隐居在首阳山采薇而食。"饥食首阳薇"，那是多么有品格，有操守！"渴饮易水流"用了荆轲的典故。荆轲是什么人？是刺秦王的勇士。陶渊明这位隐逸诗人不仅在这里引用了荆轲的典故，而且他还写过咏荆轲的诗。所以清朝诗人龚自珍曾说："陶潜诗喜说荆轲，想见停云发浩歌。"（龚自珍《己亥杂诗·舟中读陶诗》）其实，陶渊明还写过《读山海经》："精卫衔微木，将以填沧海。刑天舞干戚，猛志故常在！"——他向往的是那颗"九死其犹未悔"（屈原《离骚》）的勇敢的心。所以这首诗所写的仗剑远游是象喻，不是写实，象喻他心灵上的追求。

但是，谁理解陶渊明的这一份理想？谁理解他的这一份品格和志意？如果更多的人也能够有这样一份志意，那么社会也许就能得到改善。然而"不见相知人，惟见古时丘"——我看不见一个能够了解我的人，看到的只有古代留下来的坟墓。谁的坟墓呢？"路边两高坟，伯牙与庄周"。俞伯牙和钟子期的故事在中国流传已久。说是有一天俞伯牙在船上弹琴，钟子期在岸边听琴。钟子期是个乡下人，俞伯牙怀疑他是否真的懂琴，就对他说："我弹一个曲子给你听，你能听得懂吗？"接着就弹了一曲。钟子期说："巍巍乎，意在高山。"俞伯牙又弹了一曲，钟子期说："洋洋乎，志在流水。"于是，俞伯牙就把钟子期视为知音，因为钟子期能够通过琴声真正体会他内心的情意。可是，俞伯牙认为钟子期有这样的禀赋思致，却没有读多少书，太可惜了，就留下很多书让他读，并且约好第二年还在这山脚下见面。第二年俞伯牙回来了，钟子期却没有在山脚下出现。俞伯牙相信他的朋友是守信用的，没有来一定是出了什么事情，于是就上山去找。在山上，他遇到一个拿着纸钱去上坟的老人，就向老人打听。老人说："钟子期是我的儿子，因为他白天砍柴，晚上读书，过于辛苦，已经死去了，我现在就是去给他上坟。"俞伯牙听了很难过，就带着琴来到钟子期的坟上，在坟前弹了一曲。而周围那些乡下人从来没有听过弹琴，他们以为弹琴是音乐，而音乐就一定是快乐，所以就哈哈大笑。可是俞伯牙所弹的其实是他内心中最沉痛的悲哀，因此他听到那些人在笑，心中就更加痛苦，于是就把他的琴在钟子期的墓前摔碎了。后人编小说的时候编了两句诗说："摔碎瑶琴凤尾寒，子期不在向谁弹！"

庄周就是庄子，他和惠子是好朋友，两人同游于濠梁之上，一起谈心、辩论，互相之间能够沟通。惠子死了，庄子过他的坟墓时说了一个比喻。他说郢人在自己的鼻子尖上沾了薄薄的一片石灰，让自己的好朋友匠石用斧子把它砍下来。于是匠石抡起大斧子带着风声向他的鼻子砍去，把那片白灰削掉了却一点儿也没有伤着郢人的鼻子。后来有一位国君听到这件事，就让匠石当场表演。匠石说，虽然我曾经能做到如此，但是"臣之质死久矣"——郢人早就死去了，有谁还敢伸出鼻子让我砍而且配合得这样毫发无间呢？庄子说，我也是一样，自从惠子死去，我就失去了谈话的对象，没有人可谈话的了。陶渊明也是这个意思，所以他说："此士难再得，吾行欲何求！"——已经没有能够了解我的人，那么我还寻求什么呢？这首诗写得很好，完全是象征，用似乎极为现实的事象来象喻一种内心的理念。

现在虽然到时间了，可是我一定要把我们所要讲的这第二首诗结束了才能下课，因为陶渊明诗歌中的生命不应该被我们割断。现在我们就看他的"万族各有托，孤云独无依"这一首诗。他说那云不但是孤独，而且是"暧暧空中灭，何时见余晖"。"暧暧"，是昏暗的样子。当那云在空中随风消散之后，你什么时候还能再看到这片云的光影呢？树，是生长在土地上的，今年的花落了，明年还会开；而天上这朵孤云消散之后就从宇宙间永远消失了。实际上，这也就是陶渊明所体验到的"日月掷人去，有志不获骋"，生命的短暂，志意的落空。下边，他忽然间跳开了——"朝霞开宿雾，众鸟相与飞"，从云的形象忽然跳到鸟的形象。当朝霞把昨夜留下的残雾冲散的时候，所有的鸟都成群结队地飞走了。但是有一只鸟却"迟迟出林翮，未夕复来归"——很晚才从树林子里飞出去，可是还不到傍晚就又回来了。也许有人要说，陶渊明这不是鼓励懒惰吗？人家都是日出而作，日入而息，而这只鸟日出也不工作，日没入就回来休息，难道不是一只懒鸟吗？——陶渊明所说的并不是这个意思，这又是从表面上来看陶渊明了。

所谓"众鸟"代表什么？屈原《卜居》说"将与鸡鹜争食乎"；杜甫说"君看随阳雁，各有稻粱谋"（杜甫《同诸公登慈恩寺塔》）。这些鸟就是那争食的鸡鹜和各有稻粱谋的随阳雁，它们飞出去的目的是到名利场上去做自私自利的争逐，而这只鸟是不跟它们争逐的，所以它才"迟迟出林翮，未夕复来归"。下面，陶渊明又跳开了——"量力守故辙，岂不寒与饥"，从鸟又跳到了人。"量力"就是度量自己的力量。马斯洛讲"自我实现"，说你应该知道你自己的长处是什么，你自己的短处是什么。我以为，我们所有的人也都应该知道我们国家的长处是什么，我们国家的短处是什么。每个人都应尽自己的力量，努力发挥自己的长处，那么联合起来也就发扬了我们整个国家的长处。在这里陶渊明说，我知道自己的力量有多大，所以我不能够和他们竞争——能退不能进，这是陶渊明的缺点，也是时代给他的限制——既然已经无法"兼善天下"，他就只能"独善其身"，走他自己所选择的路了——"量力守故辙"。那是一条什么路呢？是一条"岂不寒与饥"的躬耕的道路。当我选择这条道路的时候，难道我不知道要为此付出饥与寒的代价吗？我是清清楚楚知道的，然而我还是宁愿做这样的选择。对于我所选择的这条路，"邻靡二仲，室无莱妇"——连邻居和妻子都不理解我。但是难道我因此就改变了吗？不，我不改变。"知音苟不存"——假如这个世界上真的找不到一个能理解我的人；那么就"已矣何所悲"——那就算了，我不需要求得别人的理解，我自己知道我存在的意义！能够"自我实现"的人就是如此的。他们的意义和价值不建筑在别人的毁誉上，也不建筑在身外物质的获得上，因此完全没有必要为这些事情而悲哀。

　　以上我们对这首诗的形象与内含做了简单的分析和解说。至于结构方面，我还要做一点补充的说明。这首诗表面上是跳接，但却仍有一条隐含的线索贯串其间。第一个形象是"云"，所以当他跳到第二个"鸟"的形象时，开端却用的是"朝霞"二字，这正是对前面的"云"的形象的一种呼应。至于从鸟过渡到人，则是在意境方面的承接。鸟的"迟迟出林"和"未夕来归"，在意境方面正是引出下面"量力守故辙"的一个前导。这种转接和承应是非常微妙的，而陶渊明却一任神行，全不须安排造作，这正是陶渊明最高的一种成就。

　　由于时间关系，我不能再多做解说了。很抱歉。我们明天将开始看杜甫诗了。谢谢大家。

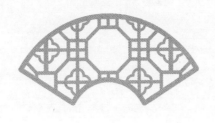

◎ 第三讲

杜甫诗浅讲

杜甫之所以有集大成的成就，是因为他有集大成的才能，也有集大成的度量，又恰好生在可以集大成的时代。

秋雨叹

雨中百草秋烂死，阶下决明颜色鲜。

着叶满枝翠羽盖，开花无数黄金钱。

凉风萧萧吹汝急，恐汝后时难独立。

堂上书生空白头，临风三嗅馨香泣。

——《杜诗镜铨》卷二

各位朋友，我们昨天把陶渊明的诗结束了。下课后有一位朋友对我说，教材参考资料里西方诗论中关于形象的那些词有的他还不大明白，希望我能够再说一次。由于那次讲的时候已经到了下课的时间，而且我想里边有些名词大家可能是了解的，所以说得确实比较简单。今天，我把这些词再说明一下，而且顺便带来了一些关于形象方面的材料，供大家参考。

我们参考资料中所讲的西方诗论中形象使用的模式其实是很

简单的。有的人看到那些英文字就觉得很生疏，其实这些方法我们中国的诗里都有。第一个"Simile"是"明喻"，使用明喻一定要加个"如"或者"似"之类的字，说明这个如同那个。像李白《长相思》诗中的"美人如花隔云端"，把美人比作花，中间用一个"如"字加以明白指出，就是明喻。第二个"Metaphor"是"隐喻"，则不用"如""似"等字来说明。比如杜牧之《赠别》诗中的"娉娉袅袅十三余，豆蔻梢头二月初"，"豆蔻"是一种植物，能开出很美丽的花朵，他说有一个娉婷袅娜的、十三岁多的女孩子，就像早春二月豆蔻梢头开出的美丽花朵一样，但在字面上他没有用那个"如"字或"像"字。第三个"Metonymy"是"转喻"，上次我举例说西方用皇冠来代表戴皇冠的人，也就是说代表皇帝，这就是转喻。转喻在中国也有的，唐朝诗人陈子昂的《感遇》诗里有一句"黄屋非尧意"，用"黄屋"代表天子乘坐的车，从而也就代表了天子。他的意思是，做天子这并非尧的本意。这也是转喻。第四个"Symbol"是"象征"，我们要分清它与"隐喻"的不同之处。刚才我们所举的杜牧之《赠别》诗中的那一句是隐喻而不是象征，因为用豆蔻梢头二月初的花朵来代表十三岁的女孩子，这并不普遍，没有形成习惯。所谓象征是说，大家一看那个形象就明白了它所代表的意思，就像西方的十字架代表基督教一样。昨天我们讲了陶渊明的诗，陶诗里的形象常常用飞鸟，用松树，于是飞鸟和松树就形成了一种象征的作用，这和隐喻是不同的。第五个"Personification"是"拟人"，就是把一个无生、无知、无情的事物的形象比作一个有生、有知、有情的人，像杜牧之《赠别》诗"蜡烛有心还惜别，替人垂泪到天明"，就是拟人。下面第六个"Synecdoche"是"举隅"，那位朋友说不大懂得这是什么意思。"隅"本来是一个角落，《论语·述而》上说："举一隅不以三隅反，则不复也。"意思是说，我告诉你这一个是九十度角——我只是解释"隅"的意思，不是说孔老夫子教给学生什么是九十度角——你就应该知道其他那三个也是九十度的角。所以"举隅"就是举一个角落代表整体。温庭筠《忆江南》词中有一句"过尽千帆皆不是"，其中"帆"只是船上的一个部分，却用它来代表整个船，这就是举隅。第七个"Allegory"是"寓托"，就是在形象之中包含了思想、政治或者道德方面的含义。南宋亡国之后，一些词人结社写词来寄托他们的家国之痛，像王沂孙的《齐天乐·蝉》，借着咏蝉来发抒亡国的悲慨，他所用的方法就是寓托。最后一个"Objective correlative"是"外应物象"，我们下一次讲李商隐时就会讲到这样的例子。"外应物象"不是单独的一个形象，而是代表某种思想感情内容的一系列或一组形象，而且它完全用外在形象来表现思想感情，从来不把本身的意思说出来。要注意"外应物象"和"寓托"的区别，陈子昂的《感遇》诗"兰若生春夏，芊蔚何青青。幽独空林色，朱蕤冒紫茎。迟迟白日晚，袅袅秋风生。岁华尽摇落，芳意竟何成"，是"寓托"，不是"外应物象"。因为它前面虽然有一系列形象，可是后面却把主观感情也说明白了。"外应物象"最好的例证是李商隐的《燕台》诗，我们下一次就要讲到。

好了，接下来我们就开始讲杜甫，我们的重点仍将放在他所使用的形象和情意的关系方面。上一次我们讲了陶渊明的诗，在讲的过程中尽管我们不能不涉及作者的意念和情思，但是陶渊明思想上的很多内容我们都没有讲，因为我们这个系列讲座的重点在艺术这一方面，我们要比较陶渊明、杜甫、李商隐这三个作者所使用的形象在性质上有什么不同；要比较他们在抒写的句法结构和表达方式上有什么不同。从这个角度讲，形象与情意的关系是相当重要的。

我们中国古典诗歌很重视形象。用形象来表达或者暗示一种意思，这种作法由来已久。在讲概论的时候，我提到了《诗经》里的赋、比、兴。"兴"是见物起兴。由"关关雎鸠，在河之洲"联想到"窈窕淑女，君子好逑"（《诗·周南·关雎》），这是"兴"。在形象与情意的关系上，"兴"是由物及心的。"比"是心中先有意念，然后寻找一个适当的形象来做比喻。比如诗人要讽刺那些剥削者，就把他们比作大老鼠，说："硕鼠硕鼠，无食我黍，三岁贯女，莫我肯顾。"（《诗·魏风·硕鼠》）这就是"比"，"比"是由心及物的。我上次没有来得及细说的是"赋"。所谓"赋"，就是直言其事，不用把你的情意假托外物的形象来表达。我举一个例证就是《诗经》里的《将仲子》：

> 将仲子兮，
> 无逾我里，
> 无折我树杞。
> 岂敢爱之，

畏我父母。

仲可怀也，

父母之言，

亦可畏也。

　　这当然是一首恋爱的诗篇。它是用一个女孩子的口吻写的，"仲子"，就是她所爱的那个男子。我们常说"伯、仲、叔、季"，"仲"排行在第二，所以有人把这第一句译成白话文："啊，我的小二哥呀！""将"字读音为 qiāng，是一个开端的发声词，"兮"字是一个句尾结束的发音之词，都是表现一种说话的声吻。我们说，诗歌一定要传达一种兴发感动的作用。"比"和"兴"都有鲜明真切的形象，通过形象给人以兴发感动；而"赋"不假借外物的形象，那么它的感发作用怎样传达出来呢？——主要就在它叙述的口吻，就是它每一句的句法和通篇的结构。中日甲午战争的时候清军有一位阵亡的将军叫左宝贵，后来有人写了一篇《左宝贵死难记》记载他牺牲的事迹。那篇文章写到左宝贵临出发之前已经知道自己可能不会生还，于是就和他的母亲、妻子告别。当他和母亲告别的时候，母亲说："汝行矣！"因为母亲是长辈，文章就写出了长辈的口气，说你不要顾念我，你去吧！当他和他的妻子告别的时候，他的妻子说："君其行矣。"妻子对丈夫就比较客气，不称"汝"，而称"君"，说我虽然不愿意你走，可是你不能不走，那么你还是走吧。用了一个"其"字，口气就显得很婉转多情了。

在这里，女孩子不对那个男孩子叫"仲子"，而是说"将仲子兮"，这就不同于老师或父亲的口气，而是传达出一种缠绵的感情。接着她说，你不要跳我家的里门，你跳墙的时候也不要把我家那棵杞树的树枝折断。你看，"将仲子兮"，口气是那样缠绵多情，可是接下来却是两个否定，"无逾我里，无折我树杞"，这不是很伤感情吗？所以她马上又收回来了说"岂敢爱之"，说我哪里是爱那一棵树呢，我当然是更爱你。可是——又推出去了——我害怕父母的责备啊！仲子你当然是我所怀念的——再拉回来。可是父母的责备我也很害怕呀——又推出去了。现在，这个女孩子的缠绵多情和她内心的矛盾，就在叙写的口吻和句法结构之间完全表现出来了。所以，一首诗歌是不是成功，有没有把感发作用传达出来，不但决定于它的形象，也决定于它的句法结构和叙述口吻。我就是要从这几方面把陶渊明、杜甫、李商隐三家诗的特色做一个比较。

但是我现在还要再补充说明一点。我们中国诗歌重视比兴，重视形象，这是不错的。但是我们举的例子都是雎鸠、硕鼠等形象，于是有的人就形成了一个概念，以为一定得是外在的草木鸟兽等形象才算比兴，这是不对的。我们中国很早的一本书《易经》的"系辞"里边曾经说："是故《易》者，象也。"就是说，在《易经》这本书里主要是用形象来代表，来象征和比喻宇宙之中所有的各种事物。比如说，八卦里的"乾"是父亲或国君的象征，"坤"是母亲的象征，此外还有大儿子的象征、大女儿的象征……总之，八卦代表着一个家庭，有父亲、母亲、三个儿子、三个闺女。从基本上说，卦象就是用符号来象喻情意的。如果你把八卦中两个基本的卦组合起来，就形成了一个新的卦象。每个卦象有六个爻，每个爻或者是连起来的一长横，或者是断开来的两短横，前者代表阳，后者代表阴，而这错综组合起来的六爻就代表了宇宙间的一切变化。六爻是从最下面的一个开始向上变化的：最底下一个叫"初爻"，最上边一个叫"上爻"，中间分别是"二爻""三爻""四爻""五爻"。《易经》上说，每一个爻都代表着一种形象。我们现在举一个"渐"卦"初六"的"鸿渐于干"为例子，这个例子说的是自然界草木鸟兽那一类的形象。刚才我们说过，六爻中最底下的一个是初爻，但为什么是"初六"呢？因为《易经》中用"九"这个数目字代表阳，用"六"这个数目字代表阴，"渐"卦最底下的一个爻是断开来的两横，属阴，所以是"初六"。《易经》上说，"初六"是"鸿渐于干"。"鸿"是天上飞的鸿鸟；"渐"是慢慢地落下；"干"是河岸之上，就是鸿鸟慢慢地落到河岸之上。再举一个，"渐"卦"九三"的爻辞是"鸿渐于陆"，就是鸿鸟飞下来落在平地之上。但是，"鸿渐于干"和"鸿渐于陆"还代表着另外的一层意思，那就是象征着人世之间的吉凶祸福。

西方理论中有一种理论叫 Hermeneutics，我们把它译为"诠释学"。Hermeneutics 这个词来源于希腊神话中宙斯大神的一个儿子，他的名字叫 Hermes，他专管替神传达消息。西方人相信，《圣经》里所有的记述都是代表神来讲话的，所说的一切都代表了上帝的旨意。既然希腊神话中的这个人专管传达神的旨意，因此西方人就用他的名字来命名诠释《圣经》的这一门学问，意思是说，《圣经》的诠释都是神的旨意。那么神的旨意都是些什么呢？你可以去看《旧约》里记载的那些故事。在那每一个故事和每一个故事中人物的谈话里，除了表层的意思之外都含有更深的一层喻托的意思。所以在诠释它们的时候既要注重表层的意思，也要注重隐藏起来的那一层比喻和喻托的意思。在我们中国古老的《易经》这本书里也是如此，每一个爻都是一个简单的符号，每一个符号都代表着一个形象，而每一个形象除了表面的意思之外还有一个更深一层的隐藏的含义。刚才我们举过"渐"卦的例子，那鸿鸟是取之于大自然界草木鸟兽的形象；然而《易经》的卦象不都是自然界的草木鸟兽，有时它也用人世间的事象。例如"蒙"卦"初六"的爻辞是"利用刑人，用说桎梏"。"说"字在这里同"脱"；"桎梏"就是脚镣和手铐。意思是，有一个受刑的人，他现在可以被解脱脚镣手铐了。《周易》的注解说，这是"事象"。所以，我们对形象概念的理解不要太狭窄了，大自然的草木鸟兽是形象，属于物象；一件事情的发生也是形象，属于事象。而且同属事象也可以有所不同，它可以是宇宙之间果然有的事情，比如说监狱里的犯人把脚镣手铐都脱除了；也可以是假想的形象，就是说这个形象在宇宙间不见得真有，它是人类想象出来的。例如，整个"乾"卦用的都是龙的形象，"初九"的爻辞是"潜龙勿用"；"九二"的爻辞是"见龙在田"；"九五"的爻辞是"飞龙在天"。果然有一条龙藏在地下没有出来吗？果然有一条龙飞到天上吗？不见得有。还有"坤"卦"上六"的爻辞"龙战于野，其血玄黄"之类，这都是假想之中的形象。

　　由于我们就要开始讲杜甫和李商隐，所以我把以上这些有关的观念做了进一步的解说。《诗品·序》说，如果"专用比兴"，就"患在意深，意深则词踬"；如果"但用赋体"，则"患在意浮，意浮则文散"。因此，必须把你选择的形象跟你叙述的口吻及结构结合起来，才能更好地在诗歌里传达你的感发。我们把这些弄清楚了，就可以回头来看杜甫诗歌的例证了。我们的教材里选了杜甫的两首诗，我们先看第一首《秋雨叹》。

　　《秋雨叹》这个题目，杜甫本来一共写了三首诗，我所选的是其中第一首。其他那两首等一下如果有时间我会给大家做一个简单的介绍。现在我先把这一首诗念一遍：

> 雨中百草秋烂死，
> 阶下决明颜色鲜。
> 着叶满枝翠羽盖，
> 开花无数黄金钱。
> 凉风萧萧吹汝急，
> 恐汝后时难独立。
> 堂上书生空白头，
> 临风三嗅馨香泣。

　　从这首诗的第一句你就可以感觉到，杜甫和陶渊明的风格是不同的，他们两人所选择的形象也是不同的。陶渊明所选择的形象"归鸟""飞鸟""松树""菊花"，那是多么秀逸、淡雅；而杜甫这句"雨中百草秋烂死"未免有些血淋淋的了。在中国诗人中敢于写丑陋的、血淋淋的残酷现实,杜甫有代表性。我们上次在这个礼堂里讲过唐宋词。由于词的起源是歌筵酒席上给歌女们唱的歌词,所以它的性质是非常女性化的,一般不写血淋淋的现实。即使在南宋的国都陷落之后,皇帝的坟墓被挖掘。盗墓者把皇帝的尸体倒挂在树上,为的是弄出尸体肚子里灌的水银。如果遇到杜甫那样写实的诗人,他一定要把这血淋淋的可怕事实真实地表现出来。可是南宋那些词人是怎么写的?他们写的是所谓"喻托"的词,什么咏蝉啦,咏白莲花啦,是用另外的一种方式去表现的。还有我们上次讲过的诗人陶渊明,难道没有看见东晋那些血淋淋的现实?但是陶渊明也没有把这些写进他的诗歌里。所以,写不写正面的、血淋淋的现实,一个是决定于文类的性质,一个是决定于诗人的性格。

我向来认为,在中国诗歌演进的历史上,杜甫是一个集大成的诗人。什么叫作集大成的诗人?"集大成",本来是孟子用来形容孔子的话。——昨天我在讲陶渊明的时候讲到过"自我实现",我说,你要适应你的才能、你的性格,确定你自己所追求的一个最完美的标准。我昨天讲完之后回到我住的地方,偶然看了一下昨天的《人民日报》,上面有一条消息说,现在有很多学生不读书了,去卖冰棍了。我就觉得,现在有些人的眼光太短浅了,只能看到眼前这一点点身外的物质利益。魏文帝曹丕在他的《典论·论文》里曾经说过这样的话,他说有些人"遂营目前之务,而遗千载之功"——你就只看到眼前最近的那一点点短浅的利益，把更伟大、更美好的东西给丢开了。难道你的生命、你的人格、你的价值、你的意义就只在于眼前这一点儿身外的利益吗？这真是太短浅了！所以我说，自我实现不是和别人去竞争，别人好你不用嫉妒，你只要尽你最大的努力把你最美好的东西实现出来就可以了。可是，每个人天生的性格不同，每个人完成自己的方式也不同。所谓"圣人"，自然是已经达到一个最完美的标准了，然而这个最完美的标准也有所不同。所以孟子说，像伯夷叔齐那样的人是"圣之清者"（《孟子·万章》），他们为了保持自身的清白不惜付上一切代价，饿死在首阳山上为了保持自己品格的清白。孟子还说，伊尹是"圣之任者"，就是说，我自己无论沾染上什么污秽都不在乎，我的目的是要拯救人民。孟子说伊尹曾经"五就汤，五就桀"（《孟子·告子》），意思是，如果成汤肯用我，让我实现拯救人民的政治理想，我就为成汤工作；如果暴君夏桀肯用我，改变他残暴的作风，让我实现我的政治理想，那么我也肯为夏桀工作。我不计较我的名誉，只是要负起我的责任，这就叫"圣之任者"。最后孟子说，孔子是"圣之时者也"。什么是"圣之时者"？那就是在不同的空间和不同的时间能够做出不同的选择，你自己可以掌握住真正的重点。孟子用音乐做了一个比喻，他说古代的音乐大合奏里有各种各样的乐器，以"金声"为开始，以"玉振"为结尾，集合所有乐器的长处，使每一种乐器各得其所，演奏出完美的、谐和的交响音乐，这就是"集大成"。孔子，是一个集大成的圣人；而杜甫，是一个集大成的诗人。我们说，时势造英雄，英雄也造时势。不管哪种行业中一个伟大人物的出现，都有他个人与传统、与时代结合的多方面的因素。杜甫之所以有集大成的成就，是因为他有集大成的才能，也有集大成的度量，又恰好生在可以集大成的时代。如果你生在一个时代，在这个时代你本应该完成一些东西但却没有完成，那是你愧对这个时代；如果你有可以完成一些东西的才能和度量，却由于时代的缘故使你没有完成，那是时代对不起你个人。杜甫有幸集中了这所有的条件，所以就产生了伟大的成就。我们中国的诗歌从《诗经》、楚骚，到汉代五言诗的兴起，经过齐梁之间五言诗的格律化和七言诗的萌芽，到唐朝的时候，各种体裁都已经发展到相当的程度。从文学发展来说，那是一个可以集大成的时代；而从当时的政治历史背景来看，国家已经从南北朝的分裂走向大一统，南朝文学风格的柔靡、北朝文学风格的矫健，也都被这大一统集中起来了。因此，无论从文学传统来说还是从历史背景来说，唐朝都是一个可以集大成的时代。可是，同样生在可以集大成的时代，却不见得每个人都能做出像杜甫那样集大成的成就，原因就在于，有些诗人没有杜甫那样的眼光和度量。我要说，李白就是一个绝世的天才，他超脱了外界的一切约束，如同"大江无风，波浪自涌，白云从空，随风变灭"（沈德潜《唐诗别裁》）。可是李白说什么？他说"自从建安来，绮丽不足珍"（李白《古风》之一）——他认为建安以后的诗是没有什么价值的。就由于他有这种成见，所以李太白的七言律诗一直不如杜甫写得好，因为他没有在这方面下功夫。杜甫就不是这样，他说"不薄今人爱古人，清词丽句必为邻"（杜甫《戏为六绝句》）——不管今人古人，只要有长处我都乐于吸收。这就是一种集大成的容量。此外，每个人的才能各有长短，性格比较沉潜的人适合写五言古体，才气比较飞扬的人适合写七言歌行，而杜甫具有最健全的才性，对各种诗歌体裁都能够继承和开拓，使它们运用变化各尽所长。而且我以为，杜甫在心理上也是最健康的。在苦难的现实面前，有的人被压倒了，有的人逃避了，而杜甫是一个有勇气正视它的人，在唐朝的诗人之中，对天宝的乱离反映得最真切、最多的，不就是杜甫吗?!

　　我刚才说，杜甫所用的形象不回避血淋淋的现实。但是，杜甫和陶渊明相比，他们的区别还不止于此。陶渊明写"栖栖失群鸟"的时候，他的眼中果然看到有一只鸟在飞吗? 不见得。陶渊明所写的形象虽然是宇宙之间实有的形象，却并非现实的个象，那是他意念中存在的形象。而杜甫所写的，大多数——我不能说所有——都是现实之中实有的个象。在这首《秋雨叹》中，杜甫所写的"雨中百草秋烂死，阶下决明颜色鲜"，这就是杜甫眼前确实存在的形象。至于"雨中百草"为什么"秋烂死"? 我们得讲一下当时的历史背景。杜甫这首诗写在天宝十三载——我们说别的年号可以说多少年，而说到天宝就一定要说多少载。在天宝十三载的夏秋之间，霖雨不止，使快要收割的庄稼都被淹没，都腐烂了。宰相杨国忠欺骗玄宗皇帝说，霖雨虽然不止，但却没有伤稼。并且他还在个别受灾不重的地方找了些粮食拿来给玄宗看。这时房琯上书玄宗，说是霖雨确实伤害了庄稼。杨国忠很恼怒，就想要对房琯进行迫害。就是在这样的背景下，杜甫写了这三首《秋雨叹》。在前一讲，我们曾说陶渊明所写的是意念中的形象，他写的根本就不是一只现实的鸟，而是他自己情思意念的流动。杜甫则兼有两面，他写的是现实，却又超越了现实，一般来说这是属于"兴"的方式但同时也有"比"的作用。我说过，杜甫在心理方面也是最健康的。要知道文学家里边有些人是有病态心理的，法国诗人波特莱尔之类就是如此。他们把病态的个别现象写得很好，但却不能写那种健康、博大的正常的现象。还有的人写自己的悲欢喜怒写得很感动人，但写到忠君爱国时就像喊口号一样，那么虚伪。而杜甫作为一个诗人，他有着健康、博大、正常的心理和人格，能够使自己诗歌中感情的、艺术的兴发感动与伦理道德完全结合在一起，这是非常了不起的。我们说诗人要有一颗不死的心灵，如果你对什么都不动心了，那就是你的心死了。杜甫的心是不死的，他心中永远有着一份博大、深厚的感情，宇宙中万物的形象都能够引起他内心的关切和感动。

而我还要指出的是，"雨中百草秋烂死"虽然是这么简单明白的句子，虽然是眼前实有的形象，但它也结合了中国的传统，事实上有所喻托。去年我在这里讲词的时候提到过苏联的符号学家劳特曼（Lotman），他认为符号与国家、民族的历史文化是结合起来的。——现在我就想到，我们有很多年轻人不懂得中国古典诗歌，认为它们和今天离得太远了。可是我以为，作为一个中国人，如果你连外国的语言文学都能学好的话，那么你也一定能够学好中国的古典诗歌，因为你毕竟是和我们国家、民族历史的文化一脉相通的啊！"雨中百草秋烂死"还有一层什么意思呢？《诗经·小雅·四月》里说"秋日凄凄，百卉俱腓"——秋天到了，这么凄凉、萧瑟，由于风雨的侵袭，所有的花草都凋残了，腐烂了。"腓"是衰败、凋残的意思。这两句是大自然景物由物及心的一个起兴的感动，下面接着说："乱离瘼矣，奚其适归！""瘼"就是生病，人会生病，国家也会生病；"适"是往；"归"是归向。这整个时代都处在苦难的病态之中，我该归向哪里去呢？你们看，"雨中百草秋烂死"是结合了中国那么久远的《诗经》的传统，同时，它也结合了唐朝天宝十三载历史的现实。而且你要注意到，当时已经不仅是霖雨伤稼，不仅是宰相杨国忠欺君罔上，那已经是安禄山变乱的前夕了，国家已经到了何等地步！所以，"雨中百草秋烂死"才说得那样沉痛。可是我说过，即使在黑暗的时代，我们的民族也总是有一些有理想的好儿女，一些在黑暗中闪光的人物，希望就寄托在他们身上。所以杜甫说"阶下决明颜色鲜"——当百草都烂死的时候，在我居住的房子台阶下有一棵决明，它居然还是这么鲜艳，这么美好！

我们现在不是只讲他的内容，我们主要讲他的艺术、他的表现手法。你看这第一句"雨中百草秋烂死"，这句中的形象都是坏的，是向下压；而第二句"阶下决明颜色鲜"，马上一个鲜明的对比，就抬起来了。——你们要注意他叙写的句法和结构，看他是怎样传达他的感发。接下来他写决明的美好——"着叶满枝翠羽盖，开花无数黄金钱"。据说决明这种植物开的花是黄色的、圆形的。要知道，黄色是很鲜艳的颜色，越是在阴雨的灰暗的背景衬托之下它越显得鲜明。这两句写得很饱满，很有力量。我前些时候在湘潭大学讲课时还讲到杜甫的另外两句诗——"种竹交加翠，栽桃烂漫红"（杜甫《春日江村》）。那口吻也是这样有力，把美好的东西写得非常饱满、鲜明。此外，不知大家是否注意到，"开花无数"比较近于我们一般说话的口吻，而"着叶满枝"则不然。"枝上长满了叶子"，这是我们习惯的说法；而"长满了叶子在树枝上"，这话听起来就有点儿西洋化，颇像现在摩登诗的句法了。杜甫为什么要这样写？因为他要使它跟下一句"开花无数"形成对偶的句子。这首诗并不是律诗，本来不需要对句，然而只有使用骈偶的句法才能更有力地强调决明的鲜艳和美好。这就是杜甫！他把他的感发与他写诗的功力、锻炼字句的功夫结合在一起了。陶渊明就不是这样，人家是不假锻炼，是心灵的涌现和自然的运行。宋人评论陶渊明说："渊明不为诗，写其胸中之妙尔。"（陈师道《后山诗话》）意思是说，陶渊明不是为作诗而作诗，更不是为跟别人争强斗胜而作诗，他所写的是他内心之中已达到妙境的那种神思意念的自然运行。所以，你学陶渊明那是没有办法下手的，如果你没有陶渊明那种感情、品格和境界，你就学不来陶渊明的诗，永远也学不来。而杜甫之所以集大成，之所以沾溉后学，就因为他的功力、他的锻炼，那都是可学的东西。

也许我们现在应该画一个图表。因为西方的现代理论在它说不明白的时候常常喜欢画图表。我们的图表是这样的：

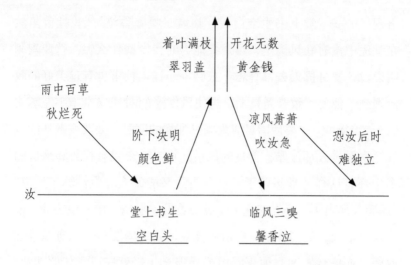

就像我们刚才所说过的，"雨中百草秋烂死"是不好，压下去；"阶下决明颜色鲜"是好，抬起来。怎么个好法呢？"着叶满枝翠羽盖，开花无数黄金钱"两个对句把决明的美好送上高峰。可是后面又说了，"凉风萧萧吹汝急，恐汝后时难独立"又压下去了。尽管你这样美好，可是你毕竟是立在肃杀的秋风之中。有人珍重你爱护你吗？有人为你遮蔽风雨吗？没有。秋风带着那种使百草摧毁和凋零的力量直接就加到你的身上。这里大家要注意，决明是什么？是没有感情没有知觉的植物，而杜甫却和它尔汝相呼，就像同一个好朋友说话一样。"吹汝急"的"急"字表现得那么关切，那么焦虑，那是因为"恐汝后时难独立"——我恐怕你虽然有坚贞美好的品德，却不能长久地抵挡那摧残一切的势力，也许再过一段时候你就要站不住脚了。

到现在为止，所有的句子都是写决明，可是忽然之间杜甫就出现了——"堂上书生空白头，临风三嗅馨香泣"。我杜甫虽然在堂庑中没有在风雨里，可是我能为时代做些什么呢？就像陶渊明说过"岁月掷人去，有志不获骋"一样，杜甫也有过美好的政治理想。他要"致君尧舜上，再使风俗淳"（杜甫《奉赠韦左丞丈二十二韵》）——要使国君成为尧舜那样的明君，要改变败坏的风气，恢复过去那淳厚、善良的风俗。可是一个没有权势和地位的书生怀着这样的理想除了"空白头"又能怎么样呢？苏东坡说："遥想公瑾当年，小乔初嫁了，雄姿英发。羽扇纶巾，谈笑处，樯橹灰飞烟灭。故国神游，多情应笑我，早生华发……"（苏轼《念奴娇·赤壁怀古》）。他感叹周公瑾那么年轻就完成了如此功业，而自己直到白了头发也没有完成自己的政治理想。杜甫也是这样的，所以他"临风三嗅馨香泣"——你在风雨交加之中还表现得如此美好实在令人感动，一阵风吹过来，我迎着风深深地闻到了你那芬芳的香气，于是我就流下泪来。"三嗅"出于《论语》，这里是断章取义，和《论语》本来的意思没有关系。清朝的汪中写过《释三九》，说中国古书中的"三"和"九"不是数学中意义严格的"三"和"九"，而是"多次"和"加强"的意思。

我们从图表上可以看得出来，从"雨中百草秋烂死"到"恐汝后时难独立"是写决明，有非常清楚的理性结构的安排；而最后两句是感性的飞扬，从决明一下子就跳到杜甫了。怎么跳过来的呢？我在中间这条线上不是写了个"汝"字吗？"凉风萧萧吹汝急，恐汝后时难独立"，用这样亲密的尔汝相呼，把决明看成了最亲近的朋友，就是这样跳了过来。这就是杜甫为什么可学。他的感发和跳跃都有痕迹可寻，通过分析，我们能够把它找到。

好，刚才我们已经讲完了杜甫的《秋雨叹》，下面就要看他的《秋兴八首》了。在看《秋兴八首》之前我还要给大家说明一下。我们刚才是把杜甫和陶渊明做了一个比较，我说陶渊明所用的形象是他意念中的形象，他的诗表现了他心思意念的流动；而杜甫所用的形象是现实之中果然有的形象，他的诗是他个人的辛苦创造，从他的结构、句法等各方面可以看出他的功力。像这种从形象、结构、句法等各方面来评析一首诗的方式，可以说是西方所谓"新批评"一派的评诗方式。可是杜甫诗的成就和价值却并不仅只是合乎"新批评"的评诗方式而已，因此下面我们就将对西方的一些评诗方式，略加介绍和说明。在五十年代末、六十年代初，西方流行的文学批评是"新批评"（New criticism），这一派学说所重视的是作品本身。他们提出两种说法，一种是"意图谬误说"（Intentional fallacy），一种是"感应谬误说"（Affective fallacy）。"意图谬误说"认为，研究作者在一首诗里要表达什么意思是不重要的，你说杜甫作这首诗表达了什么意图，这种说法本身就是错误。那么怎样才对呢？他们说，衡量一首诗歌的好坏，要用"细读"（Close reading）的方式去分析作品的形象、结构，而文学的价值和意义就在形象和结构所形成的作品本身。他们的说法本来是不错的，可是我就要问，你用了这种形象，用了这样的结构，所传达的是什么东西呢？一篇作品无论如何也不能够脱离作者，先不用说作者的思想感情，就光说作者所用的形象、所习惯的结构和句法，每个人就都有自己的特色，要把作者都抹杀掉只讲作品本身那是不现实的。

"感应谬误说"认为批评要非常地理性。像刚才我画了一个图表来分析杜甫那首诗的结构，那就对了；如果我说这首诗给了我们一种感动，他就说这是错误。为什么呢？因为有些低级的廉价的文学也写一些很悲惨的故事，你说你看电影哭湿了三条手绢，这能证明你看的是一部好电影吗？不一定，从客观上从艺术上来说，也许它并不是一个好电影。所以，新批评学派主张批评一定要客观，一定要从作品的形象、结构、质地、韵律、色调等等这些方面入手，既不能凭作者的主观意向来批评，也不能凭读者的种种感动来批评。这就是当年新批评学派的观点，这一派的观点并不完全错误。

其实，我早期在台湾所写的那些论文就曾经用过这种仔细分析的方法。"细读"（Close reading）是绝对不错的。可是我并没有完全接受新批评学派所提出的"意图谬误说"和"感应谬误说"。因为我们中国诗歌的传统和西方有绝大的不同，我们是"情动于中而形于言"，是以"兴"为主的，而所谓"兴"的感动，就正是作者创作时的兴发感动和读者阅读时的兴发感动。——不过我也要提醒大家注意，我们中国的文学批评最容易犯的一个错误是什么呢？就正是西方新批评学派所反对的那种意图谬误。我们常常说某篇作品里边写了忠君爱国，或者是写了革命进步，因此它就是一篇好作品——这绝对错误。一首诗歌是否成功决定于作者是否"能感之"并且"能写之"。如果作者心灵上没有真正的自我感发，只是写了一些合乎古代伦理道德或者合乎现代革命意义的口号和教条，那绝对是坏诗，唱得调门越高人家越反感，那是对诗歌的摧毁！

现在，西方的新批评学派已经过去了，又有许多更新的学派兴起来了。我讲过的"诠释学""接受美学"等等都属于这些更新的学派。其中，接受美学的"读者反应论"就非常注重诗歌对读者所起的兴发感动的作用，这一点和我们的诗歌传统是一致的。接受美学这一派文学理论是从德国兴起的，我认为这件事值得我们认真思考。人家德国发展出这么一套精密、博大的文学理论。我们虽然从《诗经》和孔子的时代就有"兴"的概念，可是我们就没有发展出这样一套理论来，这难道不值得我们反思吗？我们的祖先用他们敏锐的直感和身体力行，取得了很多宝贵的经验，现在西方很多人在拼命地研究我们的中医、针灸和气功，可我们自己为什么就一直不能发展出一套理论来呢？

最近，欧洲又兴起了一门新的文学批评学说叫"意识批评"(Criticism of consciousness)，它的兴起主要是受了胡赛尔(Husserl)"现象学"(Phenomenology)的影响。现象学认为，人的意识(Consciousness)和外界的现象接触的时候，就引起意识的活动，对于一个正常的、健康的人来说，这种意识的活动都带有一个意向性(Intentionality)。这本来是一种哲学观点，可是发展下来就形成了"意识批评"。"意识批评"和"新批评"的"意图谬误说"正相反，它所找寻的正是作者创作时的Consciousness——他的意识活动。"意识批评"发展的结果就发现，凡是有大量作品的真正伟大的作家，即使在他偶然所写的一点点即景感触的作品之中，也可以找到他意识活动的基本型态 (Patterns of consciousness)。美国有一个学者叫密勒 (Hills Miller)，他就研究了狄更斯的全部小说，打算从里面找到狄更斯的意识活动基本型态。不过狄更斯是小说家，不是诗人。一般来说，西方把这种文学理论用于小说分析上的比较多，用在诗歌分析上的比较少。我以为，我们中国真正伟大的诗人也是适于用这种方法去分析的。前年我曾写了一篇文章论辛弃疾的词，那是为《灵谿词说》写的，最初发表在山东大学的《文史哲学报》上。在那篇论文里我说，中国真正伟大的诗人都有一个特点，他们都把生命和诗歌结合在一起，用自己的生命和生活来印证和实践自己的诗篇。可能有人会说，每个伟大的诗人都有他自己的基本意识型态，那么他总是说那一套，不是早就使人厌倦了吗？然而事实上并非如此，因为生命是活的。诗人今天看到一匹瘦马写了一首诗，明天看到一匹画马又写了一首诗，两首诗里都有他基本的型态，然而场合不同，主题不同，内容不同，这就有了种种的变化。我在论辛弃疾词的那篇文章里提出"万殊归于一本"的说法，这本来是佛家语，"万殊"是差别，"一本"是根源，伟大的诗人都有他的万殊一本之处。当然，一颗不死的心可以看作一本，反映世间万物就可以体现万殊，然而还不只如此，诗歌还随着诗人年龄的增长和经历而有变化。你三十岁写的诗是什么样子？你四十岁、五十岁、六十岁写的诗又是什么样子？这里面也可以体现万殊和一本的关系，也可以看到生命成长的变化。所以我在《杜甫秋兴八首集说》那本书里边有一个代序，题目是《论杜甫七律之演进及其承先启后之成就》。承先启后我已经说过了：杜甫集前人之大成，而且给后人开辟了无数的法门。至于杜甫七律在艺术上的演进，我今天可能没有时间举很多例证，大家回去可以参考我的那篇文章。在那篇文章里我曾提出，杜甫七言律诗的演进主要是从早期那种平顺的句法发展到后来这种错综变化的句法；从早期完全写现实的感情发展到后来超越了现实达到了一个感情的境界。对于杜甫写《秋兴八首》的时候他在七言律诗艺术上所达到的成就，我曾提出两点：第一是他的句法突破传统；第二是他的意象超越现实。

杜甫的诗歌写作经过了几个阶段，我们刚才讲的《秋雨叹》是他中间一个阶段的作品，他更早的作品则表现了一种对邪恶势力斗争的精神和对未来勇敢追求的感情。这是他的一本，而经过了几个不同的阶段。例如他早期的《望岳》说："岱宗夫如何？齐鲁青未了。造化钟神秀，阴阳割昏晓。荡胸生层云，决眦入归鸟。会当凌绝顶，一览众山小。"这首早期的诗已经表现出他在用字造句方面的功力。由于山峰很高，山的阴面和阳面就像刀切一样分明，所以"阴阳割昏晓"的"割"字用得非常准确、凝炼；而"荡胸生层云，决眦入归鸟"则写得非常有力量。他说"会当凌绝顶，一览众山小"，我要爬到那最高的山顶上，当我向下看的时候，众山都在我的脚下。这里，表现出杜甫少年时的一份志意。他早期还写过一首《画鹰》，开头两句说"素练风霜起，苍鹰画作殊"——当我一打开画卷，那霜风立刻就从画面上飞起来了。你看，杜甫无论写什么总是带着一种强大的力量！这首诗的最后两句是："何当击凡鸟，毛血洒平芜？"他说，你什么时候能够发挥你的力量击败那些平庸的鸟，把它们的毛和血都洒在草地上？——这也是血淋淋的。杜甫早期就不回避这种血淋淋的形象。此外，他还描写过一匹胡马，说它"竹批双耳峻，风入四蹄轻。所向无空阔，真堪托死生"（杜甫《房兵曹胡马》）。什么是"竹批双耳峻"？一个圆柱形的竹筒，你把它斜着削开，正好是直立的马耳朵的形状。什么叫"无空阔"？就像拿破仑的字典上没有"难"字一样，这匹马的眼中也没有所谓遥远的地方。而且，古人说好马不只是说它的能力好，还包括它的品德好。马也有马的品德，真正的好马不会在艰难危险之中把主人甩在地下，所以它"真堪托死生"。

所以你看，杜甫少年时代无论是登山还是看画，他处处都有感发，而且这些感发都是他的"一本"，是他希望有所作为有所成就的一份向往和努力。同时，杜甫少年时所生活的时代也正是一个美好的时代："忆昔开元全盛日，小邑犹藏万家室。稻米流脂粟米白，公私仓廪俱丰实。"（杜甫《忆昔》）可是，这个时代后来就一步步走向衰亡，到了天宝十三载，那已经是战乱兴起的前夕了，庄稼无收，百姓饿死，宰相还欺君罔上，杜甫的眼里怎么能看得下这种事情？所以从《秋雨叹》这个阶段起，杜甫的诗就开始对朝廷的政治有所托讽了。你要知道，这时候虽然已是变乱前夕，可是变乱还没有兴起。你能够说现在就要变乱吗？哪一个封建统治的皇帝愿意听这种话？因此，杜甫只能用委婉比喻的方法来写他的诗。对天宝十三载的那场雨灾他还说过："安得诛云师，畴能补天漏。"（杜甫《九日寄岑参》）——怎样才能杀死那个兴云作雨的云师？谁能把天上漏雨的那个洞堵上？表面在说下雨，实际上，"云师"是指那欺上压下的宰相杨国忠；"天漏"是指朝廷施政的弊端；"补天漏"则是希望能挽回这危险的局面。表面是写霖雨，而事实上是有所托讽。

安禄山变乱前夕，杜甫离开长安到奉先去看望他的家人，他的名句"朱门酒肉臭，路有冻死骨"（杜甫《自京赴奉先县咏怀五百字》）就是在这时候写的。后来肃宗在灵武即位，杜甫赶去投奔，半路上被叛军拦阻在长安城中，这段时期他写了《悲陈陶》《悲青坂》和《哀江头》。"孟冬十郡良家子，血作陈陶泽中水"——这一年孟冬官军和安禄山打仗失败了，战场上牺牲了那么多好青年，他们的血流得像河里的水！从这时候起，杜甫就正面来反映现实了，后来，他离开长安，经过九死一生到达了肃宗的行在凤翔，所谓"生还今日事，间道暂时人"（杜甫《自京窜至凤翔喜达行在所》）——我今天居然能够活着跟你们见面了，昨天我在小路上逃亡时还不知道下一分钟的生死存亡呢！在凤翔，杜甫官拜左拾遗。但他老是向肃宗进谏，说朝廷政治这也不对那也不对，人家当然不喜欢听了，于是就"放还鄜州省家"。战乱之中，家人存亡未卜，杜甫曾写过一首《述怀》诗，表示了这种担心，他说"比闻同罹祸，杀戮到鸡狗；山中漏茅屋，谁复依户牖"——听说那里经过战乱被杀得鸡犬不留，我那故旧的茅屋里不知是否还有亲人在等着我。又说，"沉思欢会处，恐作穷独叟"——如果真的有一天战乱平定，大家都可以和家人团聚了，那时候我的家人还存在吗？也许我会成为一个孤独的老人吧。省家以后，长安收复了，他又回到长安来接着做左拾遗。可是杜甫这个人只要回到朝廷，一看到什么不满马上就要直言进谏——他曾写有诗句说"明朝有封事，数问夜如何"（杜甫《春宿左省》）。为了明天早晨给皇帝上一本提意见的奏疏，今天晚上他可以一夜不睡，不断地打听到了几更天了。于是，没过多久他就又被放出去，到华州去做司功参军。可能由于和州刺史不大相合，他很快就弃官离开华州到了秦州。秦州冬天寒冷，他想找一个温暖的地方，于是又来到成州的同谷。杜甫差一点儿就饿死在同谷，他在同谷写了七首长歌，其中第一首说："长镵长镵白木柄，我生托子以为命。"（杜甫《乾元中寓居同谷县作歌七首》）"长镵"是类似铲子的一种刨土工具，他每天拿着长镵到山上去挖草根之类的东西充饥，可是下大雪的时候他在山上跑了一天什么也挖不到，只能空手回家来听着儿女们饥饿地啼哭——"此时与子空归来，男呻女吟四壁静"。

　　总之，杜甫经过了这么多的乱离，晚年到了夔州，在夔州写了《秋兴八首》。这时候，杜甫的诗已经达到另外一个境界。他那"致君尧舜上，再使风俗淳"的志意和理想始终没有放弃，这是他的"一本"，可是他现在的表现方式不同了。他不再写"朱门酒肉臭，路有冻死骨"，不再写"孟冬十郡良家子，血作陈陶泽中水"，因为现在战乱已经过去，他自己也已经衰老了。他把他平生所有的志意和苦难都融为一体，写出了《秋兴八首》。他所写的不再是一个事件，不再是一项苦难，是平生经历和感情的整体的融汇。题目是"秋兴"，既然是"兴"，那就是诗人心灵的震荡，这震荡自然看不见，但是你可以循着这八首诗，看他的感发是怎样有层次、有条理地进行的。这八首诗分开来每一首有每一首的组织结构，而合起来又有八首诗整个的组织结构，真是一组伟大的作品。现在我就带领大家把这八首诗从头看一下。

> 玉露凋伤枫树林，
> 巫山巫峡气萧森。
> 江间波浪兼天涌，
> 塞上风云接地阴。
> 丛菊两开他日泪，
> 孤舟一系故园心。
> 寒衣处处催刀尺，
> 白帝城高急暮砧。

这八首诗结构上的主线是身在夔州，心念长安。为什么心念长安呢？因为眼前夔州秋日的景物引起了他内心的感动，也就是"兴"。"玉露凋伤枫树林，巫山巫峡气萧森"就是夔州秋天的景色，这两句写得秋意满纸，引起人内心无限萧飒衰残的感觉。我曾说过，杜甫有时使现实的形象带有象征的含义，而那巫山巫峡的萧条，不也就是当时整个国家形势的萧条吗？"江间波浪兼天涌，塞上风云接地阴"一方面是现实的景象，一方面也表现了整个时代的动荡。对"丛菊两开"一句，有人说是杜甫在夔州看到两度菊开；也有人认为是杜甫自乘船顺江而下的时候到现在已见到两度菊开。"他日泪"一句，是说以前曾因见到菊开思念故园不能回去而流泪，现在又一次见到菊开又流下泪来。杜甫乘船顺江而下就是为了要回到长安，他在另一首诗中曾写道："此生那老蜀，不死会归秦！"（杜甫《奉送严公入朝十韵》）要知道，杜甫自称"杜陵有布衣"，自称"少陵野老"，长安不仅是朝廷的所在，也是杜甫心目中的故园哪！所以他说"孤舟一系故园心"。见物起兴之后，下边两句他又回到夔州。"寒衣处处催刀尺，白帝城高急暮砧"——有家的人开始准备寒衣了，而我的家在哪里？我飘泊在外，我站在白帝城上，听到了黄昏那一片捣衣的声音。现在，杜甫已经写到黄昏了。下面你们接着看他感发的进行：

夔府孤城落日斜，
每依北斗望京华。
听猿实下三声泪，
奉使虚随八月槎。
画省香炉违伏枕，
山楼粉堞隐悲笳。
请看石上藤萝月，
已映洲前芦荻花。

刚才是黄昏，现在已经从黄昏到日落，到满天星斗了。杜甫的"故园心"，也就是说，他的感发，从第一首夔州的秋色兴起，然后一点一点地引动，慢慢地生长，慢慢地增加，到"每依北斗望京华"，就明白地说了出来。他在那白帝高城之中，终夜地遥望长安，终夜地怀思长安，直到"请看石上藤萝月，已映洲前芦荻花"——月光已经从石上藤萝移照到洲前芦荻，说明时间已经很久很久，月亮已从东方移到西方，天也快亮了。所以，第三首就到了第二天的早晨：

> 千家山郭静朝晖，
> 日日江楼坐翠微。
> 信宿渔人还泛泛，
> 清秋燕子故飞飞。
> 匡衡抗疏功名薄，
> 刘向传经心事违。
> 同学少年多不贱，
> 五陵衣马自轻肥。

杜甫说，我不但夜晚整夜地思念长安，白天我也整天地坐在江边山城的楼上思念着长安。我看到，已经在江上过了夜的那条渔船还在水上飘泊，将要南归的燕子在江上飞来飞去。从这"还泛泛"和"故飞飞"里，我们可以看出杜甫炼字的功夫。"信宿渔人还泛泛"——难道我就也和渔人一样永远飘泊在江上吗？所以是"还泛泛"。"清秋燕子故飞飞"——燕子知道我不能像它那样自在地飞翔就故意在我眼前来来去去地飞！所以是"故飞飞"。当年我曾希望"致君尧舜上"，可是现在我在仕途上没有任何功名，在学问上也什么都没有完成。当年和我一起读书的青年们如今都在朝廷中得到了高官厚禄，他们现在是"五陵衣马自轻肥"！这个"自"字用得很妙。杜甫说，我是杜陵布衣、少陵野老，我飘泊在西南天地间，没有机会为朝廷出力，可是你们有地位的人又干出些什么来了？你们所追求的只是锦衣肥马的物质享受！"自"字既有批评，又有讥讽。一个意思是：你们自去轻肥，我不羡慕你们。另一个意思是：你们只管自己轻肥，却不肯关怀朝廷，也不肯帮我得到一个"致君尧舜上"的机会，你们看，这个"自"字起着多么微妙的作用！

杜甫本来是从夔州起兴，直到第三首主要还是写夔州，可是他胸中那念念不忘长安的感情随着感发的进行越来越奔腾澎湃、汹涌激荡，所以第四首开口就是长安了：

闻道长安似弈棋，
百年世事不胜悲。
王侯第宅皆新主，
文武衣冠异昔时。
直北关山金鼓震，
征西车马羽书迟。
鱼龙寂寞秋江冷，
故国平居有所思。

不管是新的还是旧的，不管是安禄山变乱之前的还是变乱之后的，大家所追求的全是个人的衣冠第宅和功名利禄。国家现在正在用兵，可是谁还肯关心国家的事呢？他说："鱼龙寂寞秋江冷，故国平居有所思。"前一句是写夔州的秋天，后一句是写对当年在长安居住时的种种回忆，一下子从长安打回夔州，一下子又从夔州回到长安。温庭筠的词说"花面交相映"（温庭筠《菩萨蛮》），这里的心物交感也真可以说是"心物交相映"了。

大家一定已经注意到，第一首全写夔州，只有一句写长安；而到这首就是全写长安，只有一句写夔州了，这里就有一个感发进行的线索。我们也可以画一个图表来说明：

前面四首是从夔州起兴，他的感发重点从夔州一步一步转到长安。第四首的结尾不是"故国平居有所思"吗？所以下面四首就分开来写他所思念的长安。杜甫真是一个理性和感性均衡发展的诗人，他有这么博大、强烈的感情，同时，又有如此理性的结构和组织的安排。那么，他的感发重点来到长安之后，第一个怀念的是什么？是蓬莱宫。

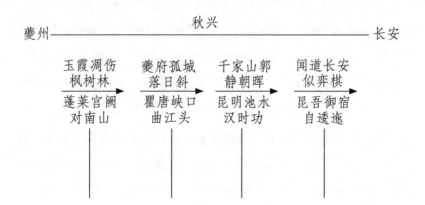

蓬莱宫阙对南山，

承露金茎霄汉间。

西望瑶池降王母，

东来紫气满函关。

云移雉尾开宫扇，

日绕龙鳞识圣颜。

一卧沧江惊岁晚，

几回青琐点朝班。

　　开元全盛之日的蓬莱宫面对着南山。下面为什么说"承露金茎"？承露盘不是汉武帝制造的吗？要知道，以"汉"喻"唐"已经是中国诗歌传统中一种习惯。"长安"在中国文化历史的传统上已经成为一个"语码"，它可以代表国都的所在，所以杜甫在这里是用汉朝的全盛之日来映衬唐朝的全盛之日。"西望瑶池降王母，东来紫气满函关"是讽刺唐玄宗之宠爱杨贵妃和他的学道求仙。"云移雉尾开宫扇，日绕龙鳞识圣颜"则是杜甫回忆起自己过去的一段光荣的日子。杜甫在长安几次考试总考不上，就上了三篇赋，于是玄宗皇帝亲自"召试文章"。他曾写诗说："集贤学士如堵墙，观我落笔中书堂。"（杜甫《莫相疑行》）——皇帝叫我写文章，集贤院中那么多学者围着我看我下笔。所以你看杜甫很有章法。他第一个先怀念谁？自然是怀念君主，因为他有过亲自见到玄宗的这一段往事。但是"一卧沧江惊岁晚，几回青琐点朝班"，"沧江"

又回到了夔州，"岁晚"又回到了秋天。下面第六首：

> 瞿唐峡口曲江头，
> 万里风烟接素秋。
> 花萼夹城通御气，
> 芙蓉小苑入边愁。
> 珠帘绣柱围黄鹄，
> 锦缆牙樯起白鸥。
> 回首可怜歌舞地，
> 秦中自古帝王州。

杜甫第二个怀念的是曲江。但瞿唐峡在现在的夔府，曲江头在当日的长安，杜甫是怎样把它们结合起来的？那真是神来之笔。是"万里风烟"——秋天的那一片风烟！他说我身在瞿唐峡口，可是心在曲江头。曲江的全盛之日是什么样子？是"花萼夹城""芙蓉小苑""珠帘绣柱""锦缆牙樯"。这些今天都来不及讲，请大家回去看我的那本《杜甫秋兴八首集说》。下面杜甫接着说，回想那时在曲江听歌看舞，沉醉在太平盛世的享乐之中，可是如今那可爱的地方怎么就从歌舞升平走向了离乱衰亡！"怜"字在中国古典诗歌中有惋惜的意思，也有爱的意思。"谢公最小偏怜女"（元稹《悲遣怀》其一）就是偏爱、怜爱的意思，所以"可怜"两字有多重意思。他又说"秦中自古帝王州"——长安一带自古以来就是帝王们建立都城的所在，它怎么竟会遭到一次又一次的沦陷呢？——长安在安禄山那时沦陷过一次，不久以后在唐代宗时又沦陷过一次，对于一个国家的首都来说，这是不可想象的。

在这里，杜甫不是提到了自古的帝王州吗？所以下一首他就从自古的帝王说起。"昆明池水汉时功"这一首我们现在暂时不讲，留在下次借李商隐一点儿时间详细讲。下面我们看最后一首：

> 昆吾御宿自逶迤，
> 紫阁峰阴入渼陂。
> 香稻啄余鹦鹉粒，
> 碧梧栖老凤凰枝。
> 佳人拾翠春相问，
> 仙侣同舟晚更移。
> 彩笔昔曾干气象，
> 白头吟望苦低垂。

这首诗该是一个总结了。从杜甫的章法来说，他从夔州的黄昏到日暮，到月亮出来，又到太阳出来，感发的重点一步步移向长安：对长安的怀念第一个是蓬莱宫，第二个是曲江头，第三个是昆明池，而第四个呢？前面三首每一首的开头出现一个地名，可是第四首的开头两句居然一下子出现了一大堆地名！"昆吾"是一个亭子的名字；"御宿"是一条水的名字；"紫阁"是一个山峰的名字；"渼陂"是一片陂塘的名字。杜甫对长安的怀念一发而不可遏止，到现在，长安所有的景物都在他的怀念之中了。你们是否注意到，这首诗中怎么跳出一个"春"字？夔州现在是秋天，是"玉露凋伤枫树林，巫山巫峡气萧森"；长安现在也是秋天，是"波漂菰米沉云黑，露冷莲房坠粉红"。可是，难道我只怀念长安的秋天，对长安的春天就没有一个美好的回忆吗？所以，他这第八首不但一下子出现了这么多地名，连"春"字也跳了出来。"彩笔昔曾干气象"有两层意思，一个是指他自己当年所写的诗文"笔落惊风雨，诗成泣鬼神"的诗歌之"干气象"；一个是指玄宗皇帝当年欣赏他，召试文章的那一件事感动玄宗之"干气象"。可是如今却只剩下了"白头吟望"——有的本子上写作"今望"。如果是"吟望"，那就是一边吟诗一边遥望长安，这当然也很好。而"今望"就和上一句的"昔曾"对比：我以前在长安曾经用我的彩笔"干气象"，可我现在满头白发，衰老多病，只能遥望长安了。

由于今天时间不够，我讲得太潦草了，很对不起大家，也对不起杜甫。下课晚了，耽误了大家的时间。谢谢大家。

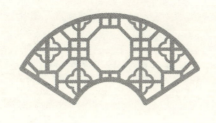

李商隐诗浅讲

如果我的生命就是一个五十根弦的锦瑟的话，那么那上面的每一根弦每一根柱都曾有我过往的生命、我的感情和我的心灵。

锦 瑟

锦瑟无端五十弦，一弦一柱思华年。

庄生晓梦迷蝴蝶，望帝春心托杜鹃。

沧海月明珠有泪，蓝田日暖玉生烟。

此情可待成追忆，只是当时已惘然。

——《李义山诗集笺注》卷上

上一次因为时间不够了，有一首杜甫的诗没来得及讲，所以今天我们要借李商隐的一点儿时间来把杜甫这首诗讲一下。但今天已经是我们这个讲座的最后一次了，讲得可能会比较匆促，这都怪我不善于控制时间，非常对不起大家。

我们上次已经讲过，杜甫的理性与感性兼长并美，他的诗既有理性的安排也有感性的飞跃。《秋兴八首》是他功力极深的八首诗，整个这一组诗的结构是非常严密的。上次我们已经讲过了这八首诗整个的结构，今天我们要看这八首诗中的第七首：

> 昆明池水汉时功，
> 武帝旌旗在眼中。
> 织女机丝虚夜月，
> 石鲸鳞甲动秋风。
> 波漂菰米沉云黑，
> 露冷莲房坠粉红。
> 关塞极天唯鸟道，
> 江湖满地一渔翁。

我们先看它在整体里边的位置。这首诗上边的一首"瞿塘峡口曲江头"的最后两句是"回首可怜歌舞地，秦中自古帝王州"，所以这一首就从自古的帝王州写起。你们看杜甫在这八首诗中的感发：他从眼前夔州的景物，联想到国家百年的世事也想到自己个人身世的悲哀，现在又结合了古今的悲慨！《汉书·武帝纪》的注解中，引《西南夷传》记载，汉武帝开凿昆明池是为了训练水师发扬武功的。所以"昆明池水汉时功，武帝旌旗在眼中"这两句的感慨实在很多。我曾经讲过，杜甫的作品隐藏了一种潜能，需要读者一步一步、一点一点地去发掘，而现在这两句就有好几层意思。第一层意思是表面的，就是对当时长安的怀念。他说"故国平居有所思"，然后就怀念了长安的很多地方，从表面看，"昆明池水"和"蓬莱宫阙""瞿塘峡口"一样，也是长安的一个

100

地方。但是"汉时功"三个字就有两层意思了，一方面，它承接上一首的"自古帝王州"；另一方面，它能够给读者以两层启发和暗示。

我不是说过我有一本书叫《杜甫秋兴八首集说》吗？已经有很多朋友到书店去买了这本书。但是我觉得，对一般读者而言，可能会对我的《迦陵论词丛稿》和《迦陵论诗丛稿》更感兴趣，因为那两本书完全是欣赏的性质。而对《杜甫秋兴八首集说》，我下了一些死板的笨功夫，就像我当年不得不用英文教书时每天晚上查生字，一个生字要反复查十遍或二十遍的那种笨功夫一样。所以如果中文系的同学想要了解怎样分析一首诗、怎样从一句诗里看到多层含义，我那本《杜甫秋兴八首集说》可能有帮助，但对一般读者来说就比较枯燥了。在那本书里，我引了前人各种不同的说法，对"昆明池水"这两句，历代说杜甫诗的人就有不同的联想。有人认为，这里提到"汉时功"有讽刺的含义，因为唐玄宗也曾有一度穷兵黩武，发动过一些主动性的对外战争。大家可以参看仇兆鳌或者杨伦、钱谦益诸家对杜诗《前出塞》和《兵车行》等诗的注解，杜甫是反对劳民伤财的战争的。但是也有人认为，"汉时功"是借汉朝的强大来反衬唐王朝已经走向衰败，因为唐朝从安史之乱长安沦陷，玄宗逃往四川，直到肃宗、代宗即位，一直战乱不断，强大的唐王朝已经开始没落。因此也有人认为这一句有反讽的意思。

"武帝旌旗在眼中"，那是诗人想象汉武帝在昆明池里训练水军的时候一定是战船威武，旌旗招展。我们说，杜甫当然不会看见过汉武帝时代的战船和旌旗。然而不要忘记，诗人是富于感发和想象的，一说到"汉时功"，他的脑子里马上就会出现一幅旌旗招展的图象。《文心雕龙·神思》里边说："寂然凝虑，思接千载。"杜甫就经常用这种手法。当杜甫历经千辛万苦从沦陷的长安逃到肃宗所在的凤翔之后，由于他屡次进谏，肃宗不喜欢他，让他回鄜州去看望妻子。在从凤翔去鄜州的路上，杜甫记下了他的观感和见闻，写了一首长诗《北征》。《北征》里面有这样两句："猛虎立我前，苍崖吼时裂。"杜甫看到一面断崖，就觉得有一只猛虎站在眼前，而这断崖就是因为猛虎大吼了一声而断裂的。这本是想象，他却写得如此真切。后来清代金圣叹批杜诗的时候说："先生异样眼力，上观千年，下观千年，故今日行到此处，便明明见有一虎，正立我前，振威大吼。必问虎在何处，哀哉小儒！"（金圣叹《杜诗解》）金圣叹这里所说的就是诗人想象的能力。你要是真的去考证那里的地方志上有没有出现过老虎的记载，那就是"哀哉小儒"。就像陶渊明说："少时壮且厉，抚剑独行游。谁言行游近？张掖至幽州。"（陶渊明《拟古》）如果你去考证陶渊明是否真的到过幽州，那也是"哀哉小儒"。所以杜书一写"汉时功"，马上"旌旗"就"在眼中"了。

下边说："织女机丝虚夜月，石鲸鳞甲动秋风。"从表面一层的意思来看，既然想到昆明池，自然就想到昆明池边的景物。根据《西京杂记》和《西都赋》记载，汉武帝建造的昆明池象征天河，所以在昆明池的两边立有织女和牛郎的像；在昆明池水中也果然有一条石雕大鱼的像，而且说是当有狂风暴雨的时候，这条石鱼就鳍

102

尾皆动，发出吼叫的声音。我在西安博物馆里曾经看见一条残破的石雕大鱼的一部分，那是唐代的石刻，而杜甫这里所说的是汉代的石刻。总之这两句所写的是果然有的实景，从这里已可以看出杜甫和陶渊明所用形象的不同。可是还不仅如此，杜甫所写的是"织女机丝虚夜月"。织女又叫天孙，古人说"天孙为织云锦裳"，是说织女能织出像满天灿烂云霞一样美丽的织物。那么既然叫作织女，你就应该织呀！可是《诗经·小雅·大东》上说："维南有箕，不可以簸扬。维北有斗，不可以挹酒浆。"又说："跂彼织女，终日七襄，虽则七襄，不成报章。""箕"和"斗"都是天上的星星，箕星虽然叫"箕"却不能用来簸扬；斗星虽然叫"斗"却不能用来盛酒浆；织女星虽然叫"织女"却不能织出一点儿丝帛来。徒有其名，而无其实。这里的织女是石像，织机上自然没有真的丝线，所以是"虚"。但为什么说"虚夜月"呢？古人常说"鸣机夜织""鸣机夜课"，是说那些劳动的妇女白天有白天的事情，织布的工作一般都是留到晚上来干的。然而这里虽然是"月夜"，却织不出一点儿东西来，这里面就有了更深一层的意思。"月夜"给人的感觉是那么凄凉、寒冷，而"虚夜月"的"虚"字又表现了一种落空无成的感觉。另外从字的声音来看，"机""丝""虚"的发音都比较纤细，也给人一种空虚的感觉。然而还不仅如此，这一句还有更微妙的作用。我去年在这里讲词的时候提到西方符号学里的"语码"，我说苏联语言学家劳特曼（Lotman）认为符号是与国家民族悠久的历史文化传统结合起来的。上次我在讲《秋雨叹》的时候还曾提到"雨中百草秋烂死"使我们联想到《诗经·小雅·四月》的"秋日凄凄，百卉俱腓"。那么"织女机丝虚夜月"使人联想到什么呢？它使我们联想到《大东》里的"小东大东，杼柚其空"。那是说，当周朝衰落下来的时候，东方那些诸侯国，无论是大国还是小国，都处在危难和贫困之中，所以织布机的轮轴上都是空的。因此这一句诗就也有了暗示当时唐王朝之国势渐趋贫弱的托喻之意了。既然"织女机丝虚夜月"起了一个语码的作用，那么跟这一句连起来，"石鲸鳞甲动秋风"就也不仅仅是写昆明池里的实景，它也起了一个语码的作用，能够引起我们一些更深一层的联想。《左传·宣公十二年》记载了楚国和晋国的一次大战，晋国打败了，楚国把晋国死亡将士的尸体埋在一个大土坟里。那地方就有一句，把被杀死的敌人叫作"鲸鲵"，说是"取其鲸鲵而封之以为大戮，于是乎有京观以惩淫慝"。所以，"鲸鲵"是指那些发动战乱的坏人。那么，杜甫写《秋兴八首》的那个时代正是战乱未已，动荡不安，所以说"石鲸鳞甲动秋风"。除了实在的景物外就也有了更深一层的托喻之意了。

我们上次讲过，西方的新批评反对研究诗人的原意，而现在欧洲新兴起的意识批评则注重作者的原意。有一个美国人叫 Hills Miller，他曾经研究过狄更斯的小说，他说狄更斯的小说虽然所写的故事不同，但他有一个 Patterns of consciousness（意识型态）在里边。杜甫的诗也有一个基本的意识型态。"杜陵有布衣，老大意转拙。许身一何愚，窃比稷与契。"（杜甫《自京赴奉先县咏怀五百字》）他说我把我的生命都交托给一个理想，这个理想就是"窃比稷与契"。稷教人稼穑，使每个人都有饭吃，天下有一个人没有吃饱他就认为是他的责任。契读 xiè，他是司徒，要使所有的人都安居乐业，天下有一个人生活不安乐，那就是他的责任。杜甫在另一首诗里还曾说："致君尧舜上，再使风俗淳。"(杜甫《奉赠韦左丞丈二十二韵》)这都是他平生的志意所在。有些人只有五分钟的热度，遇到一点小小的挫折就不干了；有些人连五分钟的热度都没有，只会空口说白话，自欺欺人。杜甫的忠爱是根之于天性，所谓"葵藿倾太阳，物性固莫夺"(杜甫《自京赴奉先县咏怀五百字》)，那是没有办法的事。所有的事情都会牵动他的感情，尽管他知道这样会付出很多痛苦的代价，但是他天性如此，没有办法。所以人家形容他的感情是"忠爱缠绵"。也许有人认为这样用词不当，因为一般都认为只有男女之爱才能叫缠绵，但现在我看男女之爱也不一定缠绵，你如果没有彩电，说不定她就不嫁给你。男女之爱本来应该是缠绵的，但如果这种本能的爱都失去了真诚的性质，那人性就真的是堕落了。而杜甫的忠爱居然要用缠绵来形容，有这种不能放开、不能割断的感情，那是杜甫的"一本"——万殊之中的一本。所以他才对国家的贫困衰败和尚未平息的战乱有出自内心的关怀。

"波漂菰米沉云黑，露冷莲房坠粉红"，表面看起来也是昆明池水之中的景物。"菰米"又叫雕胡米，春夏之间刚刚生出来的茎叫茭白，秋天结的实就是雕胡米，昆明池里就养有菰米。杜甫是从夔州的秋天引起感发，想到长安，从而想到长安秋天的景物。现在，我所在的夔州是"江间波浪兼天涌，塞上风云接地阴"；而我所怀念的长安昆明池是"波漂菰米沉云黑，露冷莲房坠粉红"——都是在秋天的萧瑟和凄凉之中！在昆明池里，菰米没有人收拾都腐烂了，一团一团像黑云一样沉在水中。秋天的寒风冷露一直侵入到荷花中心结莲蓬的那个中心的莲房，而荷花的花瓣都凋零了。以前我们曾讲过冯延巳的词"风入罗衣贴体寒"（冯延巳《抛球乐》），和李白的诗"玉阶生白露，夜久侵罗袜"（李白《玉阶怨》），写的也是这种寒意的侵入。你们注意过各种不同的花残败和零落时的景象吗？桃花和杏花那细小的花瓣是风飘万点；茶花是枯萎在树枝上；而荷花那么大的花瓣落下一瓣、两瓣就残破不全了。"露冷莲房坠粉红"是很美丽的句子，杜甫是用对比的方法写美丽之中的凋残。而且上一句是"沉云黑"，是黑色；这一句是"坠粉红"，是红色，对偶很工整。

　　我的《杜甫秋兴八首集说》是一九六四年前后开始写的，一九六六年印出来的，一九六六年也正是我从台湾到美国去的时候，我就把刚出版的书送给一些在美国教书的朋友。有两位教授，一位叫高友工，一位叫梅祖麟，他们就由这本书发展而写出来三篇英文的论文。昨天有两位记者跟我谈话，问我对现代诗和朦胧诗有什么看法。其实我在《杜甫秋兴八首集说》的前言里说得很详细，我在讲课时也说过，中国古典诗歌是珍贵的文化遗产，我们应该对它有深刻的理解和欣赏能力，不但要吸取它众多的艺术手法，也要吸取诗人那光明俊伟的品格，这就是我愿意和大家一起学习研究中国古典诗的原因。可是从整个时代发展的角度来看，我认为要求现在的年轻人写古典诗是不大容易的，所以我决不反对青年人写现代诗和朦胧诗。杜甫有大白话的《遭田父泥饮美严中丞），也有非常古典的《秋兴八首》。当年胡适之写《白话文学史》，一方面赞美杜甫的白话诗，说他"走上了白话文学的大路"；一方面又讥讽《秋兴八首》是"难懂的诗谜"。这就是我说过的我们中国人常犯的一个毛病：喜欢走极端。一说这个好就把那个都打倒了，一说那个好又把这个都打倒了。其实，不同的诗体各有各的长处也各有各的缺点，我们为什么不能同时保存它们的优点，同时避免它们的缺点呢？我之所以提到这些是因为，杜甫的这八首诗里藏了这么多艺术手法的变化，我当年写那本书的时候，本想把它们加以整理之后归纳出一些诗歌的表现手法，可是那时候我很忙，就没有来得及写。我非常感谢高友工和梅祖麟两位教授，因为他们拿到这本书，看了那些历代评注的材料之后，觉得中国的语言有如此丰富而微妙的变化和作用，于是就结合西方的语言学写了几篇非常好的论文。我在这本书再版的增订本后记里边提到了这几篇论文，而且我一九八六年在南开大学教书的时候曾给研究生班开了一门课，介绍西方汉学界的英文著作，讲的就是这几篇文章。南开大学有两个同学很用功，他们把高教授和梅教授的三篇论文都译成了中文，在那几篇论文里，高教授和梅教授就分析了这两句诗——"波漂菰米沉云黑，露冷莲房坠粉红"。他们说红与黑两种颜色表现了一种从成熟到腐烂的感觉。他们还说，"漂""沉""冷""坠"四个字都给人零落的感觉，而"粉红"两个字却如此鲜明，这就可以和第一首诗的第一句"玉露凋伤枫树林"结合起来看。"枫树林"的颜色是美丽的，"玉露"也是美丽的，但"凋伤"却如此萧瑟、凄凉，是摧残和破坏，因此他们认为，把很多不同性质的形象组合起来，就能够产生多种的感发效果。的确，在中国传统的注解中，有的人就说这两句写得富丽堂皇，是表现昆明池兴盛的时代；有的人却说这里写了一幅昆明池残败的景象，其实这正是两种形象的结合。当杜甫怀念长安的时候，他心里既有昆明池当日富丽堂皇的兴盛，也有昆明池今日衰败凋残的凄凉，他是把这两种感慨结合在一起了。然而杜甫当日写这两句诗的时候，是像我们这样分析来分析去才写出来的吗？不是。人家杜甫是诗人，他天性的感动和兴发就是带着这么丰富的力量的。而且他的艺术表现也充分地传达出了这种丰富的力量，这正是杜甫的了不起之处。

这首诗的最后两句是："关塞极天唯鸟道，江湖满地一渔翁。"杜甫真是一位理性与感性兼长并美的诗人，上次那"瞿唐峡口"和"曲江头"是用什么连接起来的？是"万里风烟"。而这里是用"鸟道"连接起来的。什么是"关塞极天"？剑阁的天险，白帝的危城，都是"关塞极天"。当年的昆明池水离我这样远，我想回到长安，但是我不是一只飞鸟，怎能飞到长安？只有飞鸟才能越过那极天的关塞回到长安。所以我只能漂泊在长江三峡之中，看那"江间波浪兼天涌"。也许你要说，三峡是江，不是湖，为什么说"江湖满地"？可是要知道，杜甫沿江而下，所去的正是潇湘洞庭，他是想从水路回到长安去，在他的心中有江也有湖。可是道路是这么艰难，我不知道我哪一天才能回去，所以第三首诗中说"信宿渔人还泛泛"，我怀着"致君尧舜"和"窃比稷契"的理想和志意，却成了漂泊在江湖之上的一个渔人。但是还不只如此。有人说杜诗无一字无来历，其实那些伟大的诗人并不是有心要用典故。你要作一首诗，就找了很多类书来拼命地翻，即使翻出来，那些典故也不属于你，因为你对它没有感发。那些东西应该是你从小就记诵背熟了，隐藏在你的意识里面，结合在你的生命里面，要用的时候，你不加思索它就出来了。就以这句诗而言，原来《论语》上有这样两句话："滔滔者天下皆是也，而谁以易之？"（《论语·微子》）水流是就下的，人也是一样：向上困难，向下容易。为什么我们接受其他民族文化的时候没把人家好的学来却把坏的都学来了？因为学坏容易学好难哪！可是人之所以可贵，就是因为人能够学好，能够向上。我上次提到马斯洛哲学的"自我实现"，他说当你有一天真的认识到那最高层次的需要，那么不用跟你讲什么道德，什么主义，什么都不用提，你自己的感情就忍受不了那些卑下的事情，你就宁愿忍受那些低层需要的缺乏，去追求那高层需要的实现。陶渊明就是如此的。可是"滔滔者天下皆是也"，怎么这么多人都向下游流去？谁能改变这种风气呢？杜甫的"江湖满地"就也能够引起我们这样的悲慨，提出这样的问题。所以你看，这就是杜甫用他各种艺术技巧变化的"万殊"，来表现他忠爱缠绵的"一本"。我们就把杜甫停在这里，接下来我们看李商隐的诗。

关于杜甫使七言律诗达到了一个成熟的阶段，我在《杜甫秋兴八首集说》那本书的序文里谈得比较详细，在那篇序文里我提到了杜甫七言律诗两点可注意的成就，一个是他的句法突破传统，一个是他的意象超越现实。所谓句法突破传统，我今天在"昆明池水"这一首诗里没有仔细讲，但是我在上一次讲过，我说"香稻啄余鹦鹉粒，碧梧栖老凤凰枝"是句法的颠倒，从传统习惯的文法上看是不通的，因为香稻不是鸟，不能啄。至于意象的超越现实，并不是说你本来写的就不是现实，"昆明池水""露冷莲房""织女像""石鲸鱼"都是长安城中现实的景物，但它们都含有更深一层的意思。要知道，七言律诗有很多平仄格律的限制，古诗可以平顺地写下去，而七言律诗要讲平仄，还要讲对偶，就觉得很不容易。杜甫在七言律诗上走出了一条路子，他掌握并且结合了感情和形象的重点，不再像古诗那样平铺直叙，所以在句法上突破了传统，在意象上超越了现实。

前人的诗话认为："有唐一代诗人，唯李玉溪直入浣花之室。"（薛雪《一瓢诗话》）"浣花"是指杜甫，因为杜甫在成都的草堂坐落在浣花溪畔；而"李玉溪"就是李商隐。李商隐的七言律诗是从杜甫那里继承发展而来的，但是又和杜甫不同。下面我们就该开始看李商隐的诗了。我们教材上选了他的两首诗，第一首是他最有名的七言律诗《锦瑟》，另一首是他的《燕台》诗中的第一首《春》。我要讲得快一点，因为我们的时间不够，第二首可能来不及讲了。

李商隐这个诗人是很奇妙的，他所用的形象跟杜甫不同，跟陶渊明也不同。我们说过，陶渊明所用的形象是概念中的形象；杜甫所用的形象是现实之中实有的形象。不过，陶渊明虽然用概念中的形象，但他的概念是现实之中实有的概念。像他的鸟、松树、白云的形象都是现实之中可以有的。而李商隐所写的那些形象完全是诗人的想象，是现实之中没有的。另外，李商隐的诗总是写得这样怅惘哀伤、缠绵悱恻。还不止如此，我不是说过诗人都有一个 Patterns of consciousness（意识型态）吗？陶渊明的 Patterns 是他原来的用世志意，跟他与腐败、邪恶的官僚社会不能相容而引起的矛盾和思考；杜甫的 Patterns 是他的忠爱缠绵。那么李商隐的 Patterns 是什么？我们只看他两首诗当然不够，所以我在教材后边的参考诗篇里选了李商隐的十首七言绝句，我们要通过比较多的诗来看他的基本情调、他的意识型态是什么。李商隐的诗很难懂，但尽管难懂却有很多人喜欢。这就如同你见到一个女子，你不知道她的姓名，不知道她是哪个学校毕业的，也不知道她现在做什么样的工作，但是忽然间只凭直觉你就被她打动了。这是一种很奇妙的力量，只要一读，它就吸引你、感动你。我们现在就来试试看，因为我已经没有时间来分析这十首诗的历史背景和诗人生活经历的背景了。我们先看《海上》：

> 石桥东望海连天，
> 徐福空来不得仙。
> 直遣麻姑与搔背，
> 可能留命待桑田。

《海上》是写求神仙的事情，我们中国古代的秦皇汉武都想求仙。据说秦始皇在东海修筑了一座很长的石桥通向海中，希望能够达到神话传说中的蓬莱、方丈、瀛洲三座神山。你先不用管这首诗的历史背景，只看它表面这层意思：秦始皇白白地修筑了石桥，白白地派徐福到海上去求神仙，但他并没有得到长生不死之药，最终还是死了。这是第一层意思。但是诗没有停留在这里，而是接着提出：就算你求到了神仙又能怎么样呢？他说"直遣麻姑与搔背"，麻姑是传说中的一位神仙，据说有一个人有机会见到了麻姑，看到麻姑手上的指甲很长，他就心中动念：如果我的背上痒，让麻姑用她的长指甲给我抓一抓痒该有多好！李商隐说，就算你不但见到了麻姑，而且还真的让她给你抓了痒，就算你跟神仙有如此亲近的遇合，难道你就也成了神仙吗？难道你就真的能够长生不老，能够一直看到眼前的沧海变成了桑田吗？因为在那个故事里麻姑说，就在我们谈话的这短暂的时间内，东海已经经历了从沧海到桑田、又从桑田到沧海的三次变化！我没有时间细讲了，下面我们看《瑶池》：

瑶池阿母绮窗开，
黄竹歌声动地哀。
八骏日行三万里，
穆王何事不重来。

首先，要体会诗人选择用字时感觉的敏锐和纤细。你看，他不说"瑶池王母"却说"瑶池阿母"，这个"阿"字用得很好，显得那么亲切，跟"麻姑搔背"一样。"瑶池阿母"与人间隔绝了吗？没有，她对人间是关怀的，所以是"绮窗开"，因为传说周穆王曾经乘坐他的八匹骏马西游，与西王母饮宴于瑶池。——我本来不想跑野马了，可是有一个故事给过我极大的感动。那是我在国外曾经偶然看到了瑞典斯特林堡的一个话剧，名字叫 *Dream play*——《梦剧》。剧场完全是黑暗的，舞台两边开着小小的门，每个小门上有一盏小小的灯。舞台上是空的，演奏着非常哀怨的音乐。然后就从空中飘下来一片白色的绸子，一个全身都是黑色的人一声不响地走了出来，手中拿着一个类似衣服架子的东西，在衣架挂钩的地方有一个女子的脸像。黑色的人等于是道具，而空中飘下来的那片白绸子就落在了衣架上，覆盖住衣架后，那女子的脸，就成了想象中穿了白衣的一个人形。这同时空中就发出声音来，说天帝留了一个孔道通向人间，可是他每天从孔道里听到人间传来的声音都是悲哀的哭啼。天帝觉得很奇怪，就派他的女儿到人间来看一看，于是他的女儿就降下来了，就是穿白衣的这个女子的人像。然后，每一个世间人物的出现都是一个人头的图象披上一块绸，男女、老幼、高低、贵贱，各种人物都有，显示了人间悲哀痛苦的万象，演得非常动人。我现在要说的是"瑶池阿母绮窗开"——王母打开了上天与人间相通的孔道。听到了什么？是"黄竹歌声动地哀"。传说周穆王曾乘坐他的八匹骏马走向瑶池王母的所在，走到黄竹这个地方，天降大雪，满地都是饿殍。人间有这么多悲哀和苦难，所以尽管周穆王有日行三万里的八匹骏马，可是他再也没有重到西王母的瑶池。这个故事，又引起了我的一个联想。陶渊明的《桃花源记》说武陵渔人从桃花源出来之后处处做了记号，可是后来再去找怎么也找不到了。南阳刘子骥是"高尚士也",听到这件事也准备去找,可是他不幸病死了。所以《桃花源记》在最后说什么?说"后遂无问津者"。你不要说桃花源是乌托邦,或者去考证魏晋时山林中确有那种堡寨,你就只看陶渊明写这句话时是怀着何等悲哀的心情!我们人类不应该追寻一种美好的生活和高尚的境界吗?有的人追寻了,但没有找到。可是你只要一直在找,那就会有希望。而现在连追寻的人都没有了,这才是人世间最可悲哀的一件事。总之李商隐在诗中所经常表现的一种心态,往往是热切的追寻和悲哀的失落。而且充满了迷惘,这是他的一种意识型态。教材上的参考诗篇我就讲到这里,剩下的大家回去自己看。

李商隐的诗为什么写得如此悲哀怅惘呢?那是他所生的时代和他个人平生的遭遇造成的。李商隐生在唐朝宪宗时代,宪宗以后依次是穆宗、敬宗、文宗、武宗、宣宗。他就死在宣宗时代,先后经历了六个皇帝。在这段时间里唐朝的政治如何呢?当时朝廷之内是宦官专权,地方上是藩镇跋扈,朝臣之中是激烈的党争。连对皇帝生杀废立的大权都操在宦官手中,在李商隐平生所经历过的六个皇帝,其中就有两个是被宦官杀死的。后来唐文宗想要消灭宦官,发动了历史上有名的"甘露之变",但是不幸失败了,满朝文武大臣从宰相以下全都被宦官杀死,而且戮及九族。这在时代方面是如此的,那么李商隐个人的身世又如何呢?他是"少孤家贫"。在他十岁(实岁只有九岁)的时候,他的父亲就死了。他是长子,要对家庭负起责任来。后来他写过一篇《祭裴氏姊文》,记载了这一段的经历。他说他"年方就傅,家难旋臻"——

正当应该入学跟老师念书的时候，家里的不幸就来临了。李商隐是怀州河内（今河南沁阳）人，他的父亲在浙江一带做官，死在浙江，所以他"躬奉板舆，以引丹旐"——把父亲的棺木运回故乡去安葬。他说那时候自己一家是"四海无可归之地，九族无可倚之亲"。由于他们离开故乡太久，回来后连户口都报不上了。在中国古代，父母之丧要守丧三年，他说"及衣裳外除，旨甘是急"——等到丧服满了，我最重要的事情是什么？就是奉养我的母亲。"旨甘"是做一些好吃的东西来奉养父母，他的父亲已经死了，所以奉养母亲就是他的责任。他找了什么工作呢？是"佣书贩舂"。"书"是为人抄写，"佣书"是被雇去给人抄写。"舂"是舂米，"贩舂"就是出卖劳动力。李商隐把他的父亲埋葬以后就"占数东甸"——在洛阳的东洛登记了户口，他的一个叔叔教他们读书。那时候李商隐只有十几岁，非常刻苦求学。他的古文、诗歌在那时就写得很好了。于是不久就有一个人欣赏了他的才能，这个人就是做过天平军节度使的令狐楚。后来李商隐就入了令狐楚的幕府。李商隐在二十一岁和二十三岁时参加过两次科举考试，都没有考上。令狐楚和令狐绹父子在朝廷中对李商隐揄扬赞美，使大家对他有了一个印象，他才在二十六岁时考上了进士。

现在我们就可以看到李商隐的另一面了。"士当以天下为己任"，李商隐刚刚考中进士，就写了《行次西郊作一百韵》，这是他从外地返回长安经过西郊时看到农村人民的苦难生活而写下的一首一百韵的长诗。"蛇年建丑月，我自梁还秦……高田长槲枥，下田长荆榛。农具弃道旁，饥牛死空墩。依依过村落，十室无一存……""蛇年"指丁巳年，就是文宗开成二年，李商隐从"梁"这个地方回到长安，一路上看到田地里没有庄稼，到处野草丛生，种田的器具都抛弃在路边，耕牛都饿死了，倒在土坡旁。他十分关切地走过一个个村庄，十家里没有一家是有活人的。后来他看见了一些幸存者，这些人对他诉说了历年来所遭到的种种人为的、自然的灾难。他们说"巍巍政事堂，宰相厌八珍"，而老百姓却到了"儿孙生未孩，弃之无惨颜；不复议所适，但欲死山间"的地步。自己的儿孙刚刚生下来就把他抛弃，脸上连一点悲惨的表情都没有，因为留下来也无法养活，连大人自己都没法活了，现在已经不再商议逃到哪里去，只希望能死在老家就好。李商隐这时刚刚考中进士，还没有授官，但是他说："我听此言罢，冤愤如相焚。昔闻举一会，群盗为之奔。又闻理与乱，系人不系天。我愿为此事，君前剖心肝。叩头出鲜血，滂沱污紫宸。"可是"九重黯已隔，涕泗空沾唇"。以前杜甫在诗中就曾经说："穷年忧黎元，叹息肠内热。"（杜甫《自京赴奉先县咏怀五百字》）李商隐也为老百姓的冤屈和政治的败坏忧心如焚。他说春秋时晋国举用了一个贤才士会，国内的盗贼就都逃跑了，可见只要执政的人好，老百姓的不幸自然就可以减少。我愿意用最真诚的感情去向朝廷说明这些苦难的原因和改善的方法，我愿意为这件事把我的血洒在天子面前。但是，君门九重，谁能听我一介书生的呼喊？我只能无可奈何，听任那悲哀的眼泪一直流到唇边。所以李商隐是关怀国家人民的。温庭筠也写过《书怀百韵》，写的都是自己的怀才不遇。可是你看人家李商隐的百韵，写的都是国家都是人民！这就是我所说过的感发的生命质量的不同。

后来，李商隐娶了王茂元的女儿做妻子，而王茂元在朝廷中和令狐楚父子是敌对的两党。一方面是少年时代有知遇、提拔之恩的令狐楚父子，一边是自己的岳父，这就使李商隐被卷进朝廷的党争之间，造成了他一生的失意。按唐朝的制度，考中了进士叫"登第"，然后还要参加吏部的一次科考，再考中了叫"登科"，那时候才给官做。李商隐不是刚刚进士登第就写了那首长诗吗？所以他第二年科考就没有登科。后来他写过一篇《与陶进士书》，说吏部曾经把我的名字"上之中书"——中书省是唐朝最高的行政机关——可是中书长者令人抹去其名。为什么抹去其名？有人说是因为党争。但我个人猜想有可能也是为了那首长诗，他在那首诗里把当局的罪恶写得实在太多了。这以后他又参加了一次科考，终于考中了，做过秘书省校书郎，又调补弘农尉，可是不久他就写了《任弘农尉献州刺史乞假归京》：

> 黄昏封印点刑徒，
> 愧负荆山入座隅。
> 却羡卞和双刖足，
> 一生无复没阶趋。

县尉是县里的一个属官，负责管理囚犯。日落黄昏县太爷收印了，县尉就得清点囚犯把他们收进监狱。据历史记载，李商隐是因为"活狱"——为一个判死刑的人减轻罪名——而得罪了长官，所以才请求辞职的。中国古代传说，楚国人卞和得到一块美玉献给楚王，玉工说这是石头不是玉，楚王大怒，就砍断了卞和的一只脚。楚王死了，他的儿子即位，卞和又来献这块玉，玉工还说是石头不是玉，新的楚王又砍掉了卞和的另一只脚。然而这真的是一块美玉呀，而且据说就是后来做成中国历代皇帝传国玉玺的那一块玉！李商隐说，我怀抱着这么一块美玉来做这样卑微的一个小官，当我看到不正义、不合法的事情时，不能发表一点点意见，所以我反而羡慕那不幸的卞和：他的双脚都被砍断了，再也不用在官老爷的堂下奔走，供他们驱使了！

李商隐还写过一首关于鸡的诗，叫《赋得鸡》：

稻粱犹足活诸雏，
妒敌专场好自娱。
可要五更惊稳梦，
不辞风雪为阳乌？

他说你这只鸡呀，你已经有足够的粮食吃了，不但你自己够了，连你子孙的粮食都捞下来了，可是你还依仗你的威风，不断嫉妒别人，总要自己独揽大权以此自娱，觉得高兴。可是作为一只鸡，你就只做这样的事情吗？你有没有想到过你有报晓的责任？你本应该不怕寒冷不畏寒风冷雪，在天还没亮的时候把大家从醉生梦死的昏睡中惊醒，为人间呼唤出太阳的光明呀！

这就是李商隐！他有政治上的抱负和理想，但是没有得到过任何一点儿实现理想的机会。他一生漂泊各地，在幕府给人做秘书，替人家写应酬文字，干那些世界上最无聊的事情，所以他才那样悲哀怅惘。好，下面我们就看他的《锦瑟》：

> 锦瑟无端五十弦，
> 一弦一柱思华年。
> 庄生晓梦迷蝴蝶，
> 望帝春心托杜鹃。
> 沧海月明珠有泪，
> 蓝田日暖玉生烟。
> 此情可待成追忆，
> 只是当时已惘然。

这是很有名的一首诗，我们先来说这个题目。李商隐有一些诗的题目就叫作《无题》——我现在还要跑一点野马，讲一段谈话。与我合写《灵谿词说》的缪钺先生有一次对我说，李商隐写的诗很近乎词的情境，可是他为什么不写词呢？我以为，正因为李商隐的诗近乎词的情境，所以他不需要再写词了。王国维曾说词的特质是"词之为体，要眇宜修"（王国维《人间词话》），张惠言曾说词的功能可"以道贤人君子幽约怨悱不能自言之情"（张惠言《词选·序》）。这些，李商隐在他的诗里已经都表现出来了。我说过，诗和词有一个很大的不同，就是诗是显意识活动而词是隐意识的。"剑外忽传收蓟北，初闻涕泪满衣裳"，说得清清楚楚；

它的题目《闻官军收河南河北》也说得明明白白，给你一个轮廓、一个范围，而词所写的是隐意识的活动，是一种幽微深隐的情意。而李商隐在诗中写了很多《无题》，表现的也正是他潜在的内心深处的意识和感情的活动，很难用显意识明确地表达。而且李商隐有时还写一些虽然有题却等于无题的诗，《锦瑟》就是其中的一首。还有"瑶池阿母绮窗开"题目就叫《瑶池》；"丹丘万里无消息"题目就叫《丹丘》，只是把诗句中的两个字拿出来做题目，它不一定是显意识之中的主题。"锦瑟"就是他这首诗中第一句开端的两个字。

　　《锦瑟》说的是什么呢？历代有种种不同的说法。有人说这首诗就是写锦瑟这个乐器，说"庄生晓梦迷蝴蝶""望帝春心托杜鹃""沧海月明珠有泪""蓝田日暖玉生烟"都是瑟所表现的音乐境界，是适、怨、清、和四种情调。还有人说这首诗是悼亡，因为李商隐的妻子死去之后，他写了很多首诗怀念他的妻子，其中有这样两句："归来已不见，锦瑟长于人。"（李商隐《房中曲》）他说我回到家里来，我的妻子已经不在了，可是她当年弹的锦瑟还在，它的生命比人更长。持这种说法的人还认为，"沧海月明珠有泪"是写他妻子眼睛的美丽；"蓝田日暖玉生烟"是写他妻子容貌的美丽。此外，还有一种说法认为这首诗是李商隐自题他的诗集。

　　如果大家看了我收在《迦陵论诗丛稿》里的几篇关于李商隐的论文就可以知道，我对这种难讲的诗主张首先要抛开成见，让诗的本身来说话，要分析它的形象、它的句法、它的结构和它的质地。好，那么我们现在就让诗句本身来说话。他说"锦瑟无端五十弦"。锦瑟是乐器之中最繁复的一种乐器，"锦"字说明它上面有很多美丽的装饰。而且，琴有五弦或七弦，琵琶有四弦，筝有十三弦，这个瑟却有五十根弦——比别人多那么多根弦。这已经是这种乐器的一个特质，而且关于锦瑟还有一个神话传说，说是泰帝叫素女弹五十弦的锦瑟，声音非常悲哀动人，使得泰帝流泪不止，于是泰帝就命令把五十弦的瑟破为两半，所以后代的瑟就只有二十五弦了。你看，只一个"锦瑟"就给人这么多的联想，何况这一句还不只是形象值得注意，还有它的句法结构也值得注意。"无端"是无缘无故——人家都没有那么多弦，你为什么要五十弦？人家都不关心国家和老百姓，你为什么要写《行次西郊作一百韵》那样的长诗来批评当权的人？所谓"莫之为而为，莫之致而至，谁为为之，孰令致之？"杜甫说，"葵藿倾太阳，物性固莫夺"(杜甫《自京赴奉先县咏怀五百字》)——不是我要如此，是我不得不如此。如果我的生命就是一个五十根弦的锦瑟的话，那么那上面的每一根弦每一根柱都曾有我过往的生命、我的感情和我的心灵。上一次我们不是曾经用图解来说明《秋兴八首》的结构吗？现在我们也试一试用图解来说明《锦瑟》的结构：

锦瑟无端
五十弦 → 一弦一柱
思华年 → : 庄生晓梦迷蝴蝶 | 望帝春心托杜鹃 | 沧海月明珠有泪 | 蓝田日暖玉生烟 | 此情可待
成追忆 → 只是当时
已惘然 →

"锦瑟无端五十弦，一弦一柱思华年"，接下去他就开始"思"，所以图中要用冒号。杜甫"故国平居"也"有所思"，杜甫"思"的是什么？是蓬莱宫、曲江头、昆明池那些长安的具体事物，而李商隐"思"的则都是现实中没有的东西。是"庄生晓梦迷蝴蝶""望帝春心托杜鹃"，是"沧海月明珠有泪""蓝田日暖玉生烟"，这四件事情都象喻着他过去心灵上所经历的境界和感受。他所用的都是假想中的形象，我们先说"庄生晓梦迷蝴蝶"。《庄子·齐物论》上说，庄子有一次做梦变成了蝴蝶——"栩栩然蝴蝶也"，而他醒了，却依然还是庄周——"蘧蘧然周也"。庄子是用这个故事来表现他的一种哲理思想。但李商隐引用这个故事却不是想用庄子哲理的本意，他只是要用故事之中的形象来表达他自己个人的一种情意。可是你们要注意：在这句诗中，"晓梦"的"梦"字是《庄子》上有的，"晓"字是李商隐加进去的；"迷蝴蝶"的"蝴蝶"两个字是《庄子》上有的，"迷"字是李商隐加进去的。这就很妙了——李商隐只用了两个字点化一番，就把《庄子》上的典故拿过来变成了他李商隐的了！这两个字的作用是什么？"晓梦"用一个"晓"字说明了梦境的短暂；"迷"用一个字表现了对梦境中的沉溺和迷惘。如果是长夜漫漫，那么夜长梦多，你尽管去做梦好了；但晓梦是破晓之前的梦，很快就会被惊醒。就在这短暂的梦里，诗人相信他真的变成了一只美丽的蝴蝶在空中飞舞，是那样痴迷地沉溺在梦境之中，然而这么快就梦破惊醒了。所以他说"庄生晓梦迷蝴蝶"。

　　"望帝春心托杜鹃"又用了一个典故。古代传说蜀国有一个望帝，由于蜀国发大水，他的宰相开明去治水，他就把皇位传给了开明。而且，望帝平生犯过一个错误，后来很是悔恨，所以死后魂魄就化为杜鹃。杜鹃总是怀念它的故国，人们说它的叫声总像是在说"不如归去"。可是，原来典故的故事中只是说望帝的魂魄化为杜鹃，却没说望帝的春心化为杜鹃。"春心"两个字是李商隐加的。什么是"春心"呢？我现在要讲李商隐的另外一首诗来说明什么是他的"春心"，这首诗是我们教材里的参考诗篇《无题》：

> 飒飒东风细雨来，
> 芙蓉塘外有轻雷。
> 金蟾啮锁烧香入，
> 玉虎牵丝汲井回。
> 贾氏窥帘韩掾少，
> 宓妃留枕魏王才。
> 春心莫共花争发，
> 一寸相思一寸灰。

这首诗就是写春天到来时春心的萌发。春风像细雨一样滋润着万物，隐隐的雷声惊醒了冬眠的动物，使沉睡的草木也开始萌发。于是，人的感情——一个女子的感情——也觉醒了。这个女子把香烧在一个金蟾形状的香炉里边，香炉上有一个盖子，可以锁住，这是表层的意思。可是你看那"金蟾"的"金"多么宝贵；

"啮锁"多么隐密；"烧"多么热烈；"香"多么芬芳！所以"金蟾啮锁烧香入"表面上是写女子生活中的烧香，实际上是写女子内心深处一种芬芳热烈感情的燃烧和萌发。"玉虎"指井上的辘轳，它的柄上有玉虎做装饰。辘轳上缠绕的像丝线一样的井绳千回百转，当这女子打水的时候，辘轳的转动就和她内心那千回百转的感情结合到一起了。所谓"妾心古井水，波澜誓不起"（孟郊《烈女操》），但春风吹来，古井的水也摇荡了。于是这个女子的感情就萌生了。于是就有了下二句所写的："贾氏窥帘韩掾少，宓妃留枕魏王才。"这两句中的故事说的都是历史上女子钟情于男子的故事。"韩掾"就是韩寿，贾氏在帘子后边窥见了他的美貌，就把她父亲贾充的香偷来送给他。宓妃就是魏文帝的妻子甄后，本来是袁绍家的儿媳妇，据说她跟曹子建有一段感情，后来就留下一个枕头送给曹植。总之，或因男子的英俊貌美，或因为男子的才华盖世，就引动了女子爱情的萌发，这就是"春心"。可是李商隐在这《无题》诗的最后两句却说"春心莫共花争发"——你要把你的春心压下去，不要跟春天一起萌发，因为"一寸相思一寸灰"——你所有的相思怀念都是无望的。李商隐之所以有这种悲观绝望的感情，那是时代和平生的遭遇给他造成的这种悲观的心态。所以，"望帝春心"，是何等缠绵多情的一颗心：本来一个人活着有爱情，有放不开的关怀，死了之后就没有了，可是望帝就是在死后化为杜鹃还在叫"不如归去，不如归去"！这真是何等难以放弃的"春心"。

下句"沧海月明珠有泪"所写的，不是一个现实的景象而是一种感情的境界。我们一定要熟悉中国的文化历史才能更好地欣赏中国的古典诗。中国古代传说"月满则珠圆"（《文选注》）——在月圆之夜，从海底蚌壳里采上来的珍珠就都是浑圆的。我们说，李商隐经常把最美好的形象跟最悲哀的感情结合起来，这里就是如此：这么圆润、光洁的珍珠，每一粒上边却都带有晶莹的泪点！"蓝田日暖玉生烟"也是一个感情的境界。陕西的蓝田山据说是产玉的，当暖日晴明的时候，山上总是有一层迷濛的烟霭。"沧海月明"是在寒冷的夜晚，"蓝田日暖"是在温暖的白天，一个夜，一个日，一个寒冷，一个温暖，无论在哪一种环境下，我的感情都处在悲哀、怅惘和迷茫之中，就像那"珠有泪"和"玉生烟"一样。

"庄生晓梦迷蝴蝶""望帝春心托杜鹃""沧海月明珠有泪""蓝田日暖玉生烟"，这四个列举的景象都是李商隐对自己"华年"的回忆。他说，这些触动我心弦的情事可是要等到今天成为回忆的时候才使我这样怅惘哀伤吗？不是。在当时我就已经这样怅惘哀伤了。这真是"荷叶生时春恨生，荷叶枯时秋恨成；深知身在情长在，怅望江头江水声！"（李商隐《暮秋独游曲江》）这就是李商隐的感情。

时间已经这么晚了，我不知道我们是结束，还是把李商隐的《燕台》诗再说一下？（下面很多人说："讲下去！"）好，我把《燕台》诗简单地说一下。

《燕台》诗是扑朔迷离的一组诗，而且里面有一个美丽的插曲。这一组诗一共有春、夏、秋、冬四首，我们只选它的第一首。

李商隐在他的《柳枝诗序》里说，洛阳有一个女孩子名叫柳枝，她能够演奏并且歌唱"天风海涛之曲"，中间还杂有"幽忆怨断之音"。这个不平凡的女孩子在"涂妆绾髻"时从来不肯化妆完整，因为没有一个人值得她把自己化妆完整的。有一天，李商隐的一个堂弟偶然在路上吟诵李商隐的《燕台》诗，这个女孩子一听，内心就被触动了，马上就问："谁能有此？谁能为是？"这句话问得很好。"谁能有此"是谁能有此情，是"能感之"，"谁能为是"是谁能为此诗，是"能写之"。她问，谁能有这样动人的感情，谁能写出这么美丽的诗篇来？这个问题正是我们也要问的。因为刚才讲的那首《锦瑟》虽然朦胧，标题取的总还是全诗开头的两个字；而四首《燕台》诗里完全没有"燕台"这两个字，也没有写任何与"燕台"有关的东西。所以千百年来大家都在猜测："燕台"到底指的什么？有人认为是指燕昭王的故事，因为燕昭王曾经筑了一个黄金台来招揽天下的贤士。还有人说，中国古代常常用"燕台"借指地方军政长官的幕府，而李商隐的一生都是在幕府中给人家做书记、写应酬文字的。我不是说过诗歌可以引起读者的联想吗？有的人就联想了，说这四首诗写得缠绵悱恻，一定是爱情的诗篇，那是李商隐爱上了他幕府主人的一个姬妾。我个人不大同意此种说法，我以为这首诗中可能有两层感慨，燕昭王曾招揽过天下贤士，而今天还有人招揽贤士吗？没有了，"昭王白骨萦蔓草，谁人更扫黄金台！"（李白《行路难》）这是《燕台》诗的第一层感慨。而且李商隐一生漂泊，栖身幕府，平生志意不得施展，这是《燕台》诗的第二层感慨。但他所写的这些感慨都并

不一定实指李商隐现实的经历，而是他心灵上的体验。现在我们
就来读教材上选的这一首《燕台》诗：

风光冉冉东西陌，

几日娇魂寻不得。

蜜房羽客类芳心，

冶叶倡条遍相识。

暖蔼辉迟桃树西，

高鬟立共桃鬟齐。

雄龙雌凤杳何许？

絮乱丝繁天亦迷。

醉起微阳若初曙，

映帘梦断闻残语。

愁将铁网罥珊瑚，

海阔天宽迷处所。

衣带无情有宽窄，

春烟自碧秋霜白。

研丹擘石天不知，

愿得天牢锁冤魄。

夹罗委箧单绡起，

香肌冷衬琤琤佩。

今日东风自不胜，

化作幽光入西海。

这首诗写春天到来，春风吹拂，云影流移，大路上和小路上都是一片春光。"物色之动，心亦摇焉"（刘勰《文心雕龙·物色》），于是就呼唤起诗人善感的心灵去追寻一个对象。——我刚才说过一些别人的注解，大家回去自己看，现在我只讲诗歌本身的字句给予我们的直接的感发是什么。他说，我在追寻一个娇美的精魂，但是找了很多日子也找不到。我这颗追寻的心就像钻到花心深处寻找粉蜜的蜜蜂那颗心，一样是"蜜房羽客类芳心"。春天的万紫千红，每一片花叶，每一根枝条，我都多情地搜寻过了，是"冶叶倡条遍相识"。于是，在追寻中我仿佛真的看见了我所寻求的那个对象。"暖霭辉迟桃树西，高鬟立共桃鬟齐"——在黄昏日光的照射之中，在一棵桃树的西边，我看见一个梳着高鬟的女子。这句写得很好。女子发式的不同代表着地位品格的不同，高鬟就显得很有尊严而且高贵、美丽。可是桃树也有发鬟吗？没有，不过春天的桃树上开满了花朵，看上去就像插满了花的女子的发鬟，于是就成了"高鬟立共桃鬟齐"。但这一切都不是真的——"雄龙雌凤杳何许？絮乱丝繁天亦迷"。雄和雌是一对，龙和凤是一对，有雄就应该有雌，有龙就应该有凤。可是现在雄龙和雌凤都是孤独的、遥远的，都没有出现。我看见的是什么？是"絮乱丝繁天亦迷"，那满天的飞絮。"春风不解禁杨花，蒙蒙乱扑行人面"（晏殊《踏莎行》），我的心绪就和空中那些飞絮游丝一样凌乱，李贺诗说"天若有情天亦老"，天若有情也会和我一样地迷惘。

黄昏，当我酒醒的时候太阳已经西斜了。在朦胧中，我竟把落日余晖当成了破晓的朝霞，所以是"醉起微阳若初曙"。但毕竟已是黄昏了，夕阳照到窗棂上，一下子惊醒了我的梦，梦中那个人说话的声音好像还留在我的耳边。杜甫怀念李太白曾经说"落月满屋梁，犹疑照颜色"（杜甫《梦李白》）——我从梦中惊醒，屋梁上一片月光，我好像看到李太白的影子还在那月光之中。这是多么深切的相思怀念，可见他在梦中也没有放弃自己的追求。醒来还仿佛听到梦中人的谈话。那么怎样追寻呢？他说"愁将铁网罥珊瑚，海阔天宽迷处所"。据说采珊瑚先要向海底沉一面大铁网，珊瑚就从网洞之间生长出来，然后你把铁网向上一拉，就把珊瑚连根拔起了。他说我拿着一面铁网，希望能够网住世界上最美好的一个事物，但是我把我的网下在哪里呢？地上是波涛汹涌的大海，天上是无边无际的长空，我拿着网是这样哀愁，因为我没有一个下网的地方。

可是我的思念和追寻没有停止，没有放弃。"衣带无情有宽窄，春烟自碧秋霜白"——衣带是没有感情的，你要是瘦了，它马上就长出一块来，这是冷酷无情地在告诉你，说你是憔悴了，衰老了，你那等待和追求的生命并不长久了。从春天到秋天，我一直在不断地追求，但是春天那烟霭迷蒙中的碧绿，秋天那冷露严霜中的洁白，它们从不关心我的追求。这个"自"字用得很好：一任它春烟自碧，秋霜自白，无论外界有什么变化，我决不放弃我的追求。古人说："石可破也而不可夺坚，丹可磨也而不可夺赤。"（《吕氏春秋》）你把石头劈成两半，它也不会改变那坚硬的本性；你把朱砂磨了又磨，也不会磨掉它的朱红的颜色。这就像陆放翁《卜算子·咏梅》所说的："零落成泥碾作尘，只有香如故。"他说我为了不放弃我的追求，经历了那么多苦难和摧伤，就像被研磨的丹砂和被劈裂的石头，没有人知道我的这一份痛苦，然而哪里才是我这样一个哀怨的灵魂托身的处所呢？古代的天文志上记载，说有几颗星星是天上的天牢。李商隐说，我希望把那里当作我寄身的处所。这是一种极端的缺憾和遗恨，是一种人间天上永被羁锁的象征。

"夹罗委箧单绡起，香肌冷衬琤琤佩"——一个女子已经把春天的夹罗衣收起，换上了单绡的夏服，她那清凉的肌肤上挂着琤琤的佩玉。这两句是形容季节的转变，春天已经过去了。"今日东风自不胜，化作幽光入西海"——今天已经是"东风无力百花残"的时候了，以往的一切追寻、迷惘和哀怨已经全都归于枉然。我们不是常说人生的消逝就像流水一样吗？那么像光一样的流逝就更加可怕。而这些哀怨悲伤的感情自然不会化作绚烂的光而必然是"幽光"。但是，那一份深沉的幽怨并没有断绝，不仅没有断绝而且是积聚在深沉的大海之中了。

现在，我们要抓紧时间赶快来做一个总结了。刚才我把李商隐的《锦瑟》诗做了一个图解，通过图解我们可以看出，李商隐是用理性的结构来组织非理性的形象。《锦瑟》诗中间四个对句里的形象都是非理性的，这首《燕台》诗中的"天牢"啦，"冤魄"啦，"高鬟"啦，"桃鬟"啦，也都是非理性的形象。然而，"高鬟立共桃鬟齐"这个句子完全合乎文法，很通顺。于是就造成了一种特殊的效果。这就是李商隐的妙处之所在了：他能够造成一种让你似解非解的效果。由于他有理性的结构和通顺的句法，所以你觉得似乎可以理解，而且传达的句法都带着强大的感动力量。但他组织起来的都是非理性的形象，所以你又觉得无法理解。这就给读者留下了想象的余地。每一个读者都有不同的背景、不同的感情和心灵，因此每个人读李商隐的诗都可以有自己的所得。李商隐的口吻——像"锦瑟无端五十弦""此情可待成追忆"——让你觉得似乎传达了一种强大的感发力量，然而你又抓不着它在哪里，所以才给了你这么自由的想象。因为时间的限制我们只能把李商隐停止在这里，下面我们将把这次讲座的内容做一个简单的总结。

这次系列讲座我们主要讨论的是如何评赏中国古典诗歌的问题。约言之大概有以下几个重点。首先从中国传统诗论的特色而言，我曾提出说重视兴发感动的作用乃是中国诗论的一个重要特质。而且中国所重视的"兴"的作用又可分别为作者和读者两方面来谈。就作者而言的"兴"，所重视的是心与物交感而引发写诗之动念的一种作用；就读者而言的"兴"，所重视的则是读者阅读诗歌时所引起的一种感发和联想的作用。引起作者的感心之物的来源，大别之可分为自然界之景物与人世间之事物两大类。不过仅有此种内心之感发却还不够，更要能把这种感发在作品中做出充分恰当的表达，这才可以成为一首成功的作品。也就是说"能感之"和"能写之"乃是作者所应具备的两项基本要素。至于如何才能在"能写之"方面获得成功，则在于作者对于作品中所使用的形象及语汇的选择和安排组织的能力及方式。而读者也就正是凭借着作品中的这种种表达方式而获得一种感动和兴发的。而读者的感动和兴发也又可分为两个层次，一种是只就作品所写之内容获得一种一对一的感动，这是第一个层次；另一种则是更可以因读者个人之修养和品性的不同而从作品中获得一种一生二、二生三、三生无穷的感发和联想，这是第二个层次。不过这种感发实在又受着作品本身的限制，有的作品含有较丰富的潜藏的能力（Potential effect），就可以给予读者更丰富的感发和联想。关于以上这些理论，我也曾结合了西方的语言学、诠释学、读者反应论、接受美学、新批评和意识批评等各种学说做了相当的说明。

至于在实例方面，则我先曾举了三首《玉阶怨》为例，说明了感发的几个不同的层次。又举了陶渊明、杜甫、李商隐三位诗人的一些作品做了不同类型的个例的分析。就形象之使用与结构之安排而言，陶渊明所使用的可以说大多是一种概念性的形象，至其结构之进行则一任心念的流动，或者层次分明如"栖栖失群鸟"一首，或者转折跳接如"万族各有托"一首，陶渊明都能将心念与形象和结构做到微妙的结合，不仅传达出了他自己的一种真淳的由矛盾的抉择而升华到自我实现自我完成的理念，而且千百年以下的读者也仍能从他的诗歌中得到感发和激励，这是陶渊明的过人的成就。至于杜甫所使用的则大多为现实中真有的物象和事象，但杜甫却能以其深厚博大的感情的感发，使这些原属写实的形象也可以蒙上一层象喻的色彩。而且在结构的进行方面，杜甫也能使理性的安排与感性的兴发结合得恰到好处。至于其内容的缠绵忠爱，对国家人民的挚爱之情，更能使千百年以下的读者读到他的作品时也仍然感动不已，这是杜甫的过人的成就。至于李商隐所使用的则大多为现实中本来没有的假想的形象。而在诗歌的结构进行方面，李商隐则是往往用理性的结构来组织一些非理性的形象，因此他的诗遂往往能带给读者一种虽然难于指说但却又极为强烈的感动，而他所表现的情感，在本质方面则多属于对国事的愤慨和对自身之理想志意的追寻向往，和追寻而不得的怅惘哀伤。千百年以下的读者读之，不仅可以引起对李商隐本人的身世遭遇的感动和同情，也能引起读者自己对于美好的理想的一种追寻向往的感情。这是李商隐的过人的成就。他们三位诗人的性格身世各异，表达的方式也有很大的不同，但却同样属于既能感之又能写之的富于兴发感动之力量的作者。希望这些个例能对大家评赏古典诗歌方面有一点帮助。

由于时间不够，我讲得很潦草，实在对不起大家，谢谢大家。